U0732658

共和国的历程

排山倒海

解放浙东四岛和东矶列岛

陈忠杰　编写

蓝天出版社　吉林出版集团有限责任公司

图书在版编目（CIP）数据

排山倒海：解放浙东四岛和东矶列岛 / 陈忠杰编写.
—北京：蓝天出版社，2014．1（2023.3重印）
　（共和国的历程）
　ISBN 978-7-5094-1076-9

　Ⅰ．①排… Ⅱ．①陈… Ⅲ．①革命故事－作品集－中国－当代 Ⅳ．
①I247．8

中国版本图书馆 CIP 数据核字（2013）第 305425 号

排山倒海——解放浙东四岛和东矶列岛

编　　写：陈忠杰
策　　划：金永吉　荆忠峰
责任编辑：祖　航　梅广才
出版发行：蓝天出版社　吉林出版集团有限责任公司
地　　址：北京市复兴路 14 号
邮　　编：100843
电　　话：010—66983715
经　　销：全国新华书店
印　　刷：北京柏玉景印刷制品有限公司
开　　本：710mm×1000mm　1/16
字　　数：69 千
印　　张：8
版　　次：2014 年 4 月第 1 版
印　　次：2023 年 3 月第 3 次
定　　价：29.80 元

版权所有　翻印必究　如有印装质量问题，请寄本社退换

前　言

中华人民共和国自 1949 年 10 月 1 日成立以来，已走过了六十多年的风雨历程。历史是一面镜子，我们可以从多视角、多侧面对其进行解读。然而有一点是可以肯定的，那就是，半个多世纪以来，在中国共产党的领导下，中国的政治、经济、军事、外交、文化、教育、科技、社会、民生等领域，都发生了深刻的变化，中国人民站起来了，中华民族已屹立于世界民族之林。

这段时间放到整个历史长河中是短暂的，有如弹指一挥间，但它带给中国的却是极不平凡的。六十多年里神州大地经历了沧桑巨变。从开国大典到 60 年国庆盛典，从经济战线上的三大战役到经济总量居世界前列，从对农业、手工业、资本主义工商业的三大改造到社会主义市场经济体制的基本确立，从宜将剩勇追穷寇到建立了强大的国防军，从废除一切不平等条约到独立自主的和平外交政策，从"双百"方针到体制改革后的文化事业欣欣向荣，从扫除文盲到实施科教兴国战略建设新型国家，从翻身解放到实现小康社会，凡此种种，中国人民在每个领域无不留下发展的足迹，写就不朽的诗篇。

六十几年在历史的长河中犹如沧海一粟，但对身处其间的个人却是并非无足轻重的。其间究竟发生了些什么，怎样发生的，过程怎样，结果如何，非人人都清楚知道的。对此，亲身经历者或可鲜活如昨，但对后来者却可能只是一个概念，对某段历史的记忆影像或不存在或是模糊的。基于此，为了让年轻人，特别是青少年永远铭记共和国这段不朽的历史，我们推出了这套《共和国的历程》。

《共和国的历程》虽为故事形式，但与戏说无关，我们是想借助通俗、富于感染力的文字记录这段历史。这套丛书汇集了在共和国历史上具有深刻影响的重大历史事件。在丛书的谋篇布局上，我们尽量选取各个时代具有代表性的或深具普遍意义的若干事件加以叙述，使其能反映共和国发展的全景和脉络。为了使题目的设置不至于因大而空，我们着眼于每一重大历史事件的缘起、过程、结局、时间、地点、人物等，抓住点滴和些许小事，力求通透。

历史是复杂的，事态的发展因素也是多方面的。由于叙述者的视角、文化构成不同，对事件的认知或有不足，但这不会影响我们对整个历史事件的判断和思考，至于它能否清晰地表达出我们编辑这套书的本意，那只能交给读者去评判了。

这套丛书可谓是一部书写红色记忆的读物，它对于了解共和国的历史、中国共产党的英明领导和中国人民的伟大实践都是不可或缺的。同时，这套丛书又是一套普及性读物，既针对重点阅读人群，也适宜在全民中推广。相信它必将在我国开展的全民阅读活动中发挥大的作用，成为装备中小学图书馆、农家书屋、社区书屋、机关及企事业单位职工图书室、连队图书室等的重点选择对象。

编　者

2014 年 1 月

一、 岛屿争夺战

● 两岛硝烟弥漫，乱石横飞，燃起了熊熊大火。战斗一开始，守岛敌军就在解放军猛烈的炮火攻击下乱作一团。

● 滩头炮声响成一片，浓烟滚滚，杀声震天。敌人尸体堆满了沙滩，解放军战士踩着敌人尸体继续拼杀。

● 二中队4艇拐了一个弯，对着敌人又是一阵猛烈的射击。敌人被打得落花流水，开始向披山方向逃窜。

部署解放浙东四岛任务

1953 年，在祖国的东南沿海，华东军区和华东军区海军、浙江军区分别下达了解放浙东四岛屿的命令。一场海上大战就要拉开序幕。

在前线指挥部里，大家对解放四岛的具体作战部署，进行了激烈的讨论，对敌我情况进行了全面的分析。决定：

第一步：先攻占大鹿山、小鹿山、鸡冠山和羊屿四岛，得手后立即转入第二步：攻占积谷山岛。

参加作战指挥部的有六十师政委汪大铭、参谋长王坤，公安十七师副师长刘金山，还有海军温台巡防大队长陈雪江。

浙东四岛，即大小鹿山、鸡冠山、羊屿和积谷山。这四个岛屿位于祖国大陆和国民党占领的披山岛的中间，一直是敌我双方争夺的对象。

会议召开后没几天，一辆吉普车突然在陈雪江的面前停了下来，从上面走下两位步伐矫健的中年军人和几位年轻战士。那两个中年人就是二十军六十师政委汪大铭、参谋长王坤。

陈雪江把客人迎进会议室。双方各自介绍了部队的情况和面临的任务，对接下来的四岛之战展开了细致的讨论，几个人都谈了自己的看法。

其实早在1950年6月下旬，解放军第二十五军第七十四师第二二二团一部曾经攻占了四岛，但由于敌我海上力量悬殊，国民党的军舰进行疯狂袭击，我军撤出了这几个岛屿。

这四座岛屿紧靠祖国大陆，敌我双方均未设防。但擅长游击战的我军战士，时常主动接敌，打一些小规模的战斗。

1950年至1952年，中国人民解放军海军协同陆军经过三年的艰苦战斗，打通了长江口、珠江口等出海口，粉碎了国民党军队对苏南、广东沿海的封锁和对浙东沿海的部分封锁。

解放军海防线从苏南沿海逐步伸展到浙江温州以北的松门、石塘海面，基本上恢复了上海至宁波、定海至石浦、石浦至海门的航线，取得了海上反封锁战斗的重大胜利。

台湾国民党当局在美国政府支持下，继续对东南沿海实行骚扰破坏，并加紧"反攻大陆"的活动。而在这四岛上，国民党更是加强了部署。

到1953年元旦，国民党反动当局提出"全力进行总动员，完成'反攻大陆'的准备"的总方针，和美国高

岛屿争夺战

级军官顾问团多次召开秘密军事会议，阴谋策划"反攻大陆"的活动。

1 月至 3 月，国民党当局要员陈诚、蒋经国、周至柔、孙立人等先后到大陈岛视察，动员国民党军队做好各种战备工作。

3 月以后，国民党军队的活动更加频繁，窜犯的规模一次比一次大，投入的兵力也一次比一次多，出动舰艇袭扰时，空中还有飞机配合。

国民党军队的袭扰南至厦门，北到三门湾，除了进行侦察、截捕外，还经常炮击解放军沿海阵地，对解放军的阵地构成了威胁。

在石浦至海门及闽江口附近，敌人不断组织伏击。闽浙沿海海匪在国民党正规军支援下，重新占领了大小鹅冠、头门山、田岙（即高岛）等大陈的前哨阵地。

在这种形势下，中央军委确定了敌进我进、针锋相对的方针。海军要求各部队坚决贯彻"力量向前伸"和主动打击敌人的作战方针，并加强海上作战力量。除对敌进行海上游剿和惩罚性打击之外，还协同陆军进攻敌占岛屿，以期捣毁敌巢。

所以，为了开辟台州至温州的航线，华东军区海军奉命协同陆军攻占温州湾外的大、小鹿山和羊屿、鸡冠山四岛。

国民党为了加强上、下大陈岛的外围，早在 1952 年 11 月，派"反共突击军"四十二纵队司令何卓权率部

200 余人占据了四岛，并与南鹿、披山之敌相策应，控制南北航道，封锁温州港。

国民党反动武装，严重威胁着大陆沿海的海上运输和渔业生产。

于是，根据浙江军区的决定，人民解放军陆、海军参战部队命令陆军第六十师、公安第十七师和陈雪江率领的海军部队负责解放四岛。

岛屿争夺战

召开作战联席会议

在宽敞的房间里，陈雪江和驱车赶来的六十师的两位领导一直谈了很久。大家是第一次见面，但对彼此却有着很深的了解。

六十师的这两位领导可大有来头，让浙东的猛将陈雪江也肃然起敬。原来，二十军六十师是从朝鲜回来的，可谓是身经百战。

二十军在朝鲜战场上参加过几次重大战役，战果辉煌，还受到过中央军委和朝鲜政府的表彰。这次到浙东来，也让浙东的战士们深受鼓舞。

有了这样一支作战经验丰富、准备充足的部队，相信四岛之战一定能取得成功。

几天以后，联合指挥部搬到了玉环县坎门镇。该镇离四岛很近，大小鹿山的情况可以用望远镜看得清清楚楚，而鸡冠山和羊屿更近，不用借助任何设备，目视就能观察得很清楚。

之后，指挥部召开了作战联席会议，并决定：

步兵第一七九团一营为主攻大、小鹿山岛的主攻部队，以两个连为第一梯队，以一个连为第二梯队。公安第十七师一个连攻羊屿岛，一个连进攻鸡冠山岛。野炮营一个连位于坎门，两个连位于寨头，构成火力网摧毁岛上敌阵地。

海军巡逻艇大队一中队四艇在步兵登陆前航经楚门、寨头、羊屿三岛以北，进至大、小鹿山东北堵截敌人，防止从海上逃窜。步兵登陆，以炮火压制敌前沿火力点，策应攻坚。陆军登陆后，转移小鹿山与大鹿山之间担任警戒，相机打击增援之敌。

第二中队四艇在陆军登陆前由坎门进至鸡冠山岛南麓，兵分两路：两艇至鸡冠山岛与大鹿山岛之间扫净障碍，两艇至大鹿山岛以南防止敌人从海上逃遁。步兵登陆时，四艇集结于大鹿山西南火力支援。步兵登陆后，转移大鹿山岛东南方担任海上警戒，会同一中队打击国民党援军。

岛屿争夺战

勇夺浙东四岛

在一切准备就绪之后，参战部队便浩浩荡荡地出发了。

1953 年 5 月 29 日 18 时，天空渐渐暗下来。设在坎门镇的炮兵阵地发出震耳欲聋的炮击声。原来，这是陆军六十师的 5 个炮兵连发出的。该连装备有山炮、野炮、重迫击炮、战防炮。炮弹准确地落到羊屿和鸡冠山两岛上。

霎时，两岛硝烟弥漫，乱石横飞，燃起了熊熊大火。战斗一开始，守岛敌军就在解放军炮火的猛烈攻击下乱作一团。

在炮兵轰击的同时，温台巡防大队一、二中队的 8 艘炮艇，在陈立富、季克勤和张家麟、王立成率领下，分别由楚门和玉环县的坎门港起航，任务是掩护公安十七师第一梯队两个连乘坐的机帆船。

8 艘炮艇朝着羊屿和鸡冠山两岛像离弦之箭一样快速驶去。

六十师炮火对两岛进行第二次攻击的时候，艇队也以猛烈的炮火直接支援公安部队。19 时，公安部队登上了羊屿和鸡冠山。

大、小鹿山的国民党守军听到前面炮声骤起，还没有摸清解放军的真实意图，陈立富、季克勤率领的一中队 4 艘艇就已经对两岛形成了包围态势。

而张家麟、王立成率领二中队 4 艘艇则在大、小鹿山外围清扫着海面。

19 时 30 分，陆军炮兵向大、小鹿山两岛转移火力，开始了猛烈的速射。

陈立富指挥一中队 4 艘艇也开到大、小鹿山岛前，进行抵近射击，掩护六十师攻岛部队登陆。

国民党守敌在猛烈攻击下，不仅兵力遭到大量的伤亡，而且工事也基本上被摧毁，根本无力组织起有效的防御。

六十师一七九团一营从 20 时开始分别向大、小鹿山登陆，到 20 时 30 分即登陆完毕。

艇队随即按预定计划进至大、小鹿山岛与披山岛之间的海面巡逻警戒，以防残敌逃窜，并准备阻击披山方向的增援之敌。

21 时，整个四岛登陆战斗就全部结束了。

在战斗过程中，坎门镇的许多渔民、船工帮助陆、海军运粮食、弹药和淡水，提供了有力支援。

战斗进行得很顺利，但是登岛部队只抓到了 60 余名俘虏，事情看来有些蹊跷。

根据战前了解，四岛有 200 多守军，为什么只抓到了几十人？

经过勘察地形和审讯俘虏才了解到，原来大鹿山岛

岛屿争夺战

上的洞穴特别多，被打散的敌人很多都钻进了洞穴里。

这些洞穴构造也很复杂，不少洞穴是外头低而里面高，其中有的洞口只露出水面一半，有的一涨潮就全部淹没水中，而洞里的高处却可以藏人。

这些情况给解放军的军事行动带来了很大困难。

陆军部队搜山找洞比登陆攻岛还要艰苦，几乎天天都可以抓到敌人的散兵，一直搜剿了半个月才把躲藏在洞穴里的残敌肃清。

四岛守军指挥官、少将纵队司令何卓权和他的副司令徐志强在洞里藏身 11 天，后来断水又断粮，实在支持不住了，只好派出侍从趁黑夜到登岛部队露天伙房偷冷饭，结果被当场捉住。

被解放军捉住后，侍从供出了他们躲藏的地方。何卓权在被俘虏时，已经饿得两眼浮肿，患了色盲症，什么都看不清楚了。

四岛登陆战是一次漂亮的歼灭战，前后仅用了 3 个小时，人民解放军陆、海军全歼守敌 239 名，其中毙敌分队长以下 53 名，俘敌纵队司令何卓权以下 186 名，令敌人闻风丧胆。

此外，击沉敌帆船 2 艘，缴获火炮 3 门，机枪 1 挺和其他物资一批。我艇队除消耗 1590 发炮弹之外，无一伤亡。

这次战斗还有一个意外收获：在大鹿山铲除了一个特务巢穴，还缴获 8 部敌人电台设备，在俘虏中清查出

70多个准备潜入内陆建立秘密电台的特务分子。

如此一来，不仅打掉了国民党军向内陆派遣特务的一块跳板，同时利用缴获的敌特与大陆联系的电台，破获了一批潜伏在大陆的特务组织，仅温州一个市就缴获敌台6部。

解放四岛的当天晚上，国民党军方面没有什么动作。第二天清晨，一艘"永"字号军舰由披山岛经大鹿山驶向鸡冠山以南、坎门镇以东海面，企图截击解放军向四岛运输的船只，并向坎门镇示威。

就在这个时候，温台巡防大队张家麟、王立成率领的二中队4艘艇刚从大鹿山南侧巡逻回到鸡冠山西边抛锚。

艇队发现敌舰窜到跟前，马上起锚出击，采取平行追击，猛追猛打的战法，高速逼近敌舰进行近战，敌舰掉头就向外海驶去。

四岛上解放军部队和坎门一带的岛民、渔民都涌出来观看敌人狼狈逃窜的样子，大家拍手叫好。

陈雪江在指挥所见艇队追远了，担心遭到国民党海军的埋伏，马上叫二中队撤了回来。

岛民、渔民事后纷纷赞扬：

> 海军小炮艇不但晚上能打敌舰，大白天也能把国民党军舰打跑，真了不起！

岛屿争夺战

群众的赞扬和肯定，进一步打消了一些人心中存在的"小炮艇只能在夜间偷袭敌舰，白天不敢与敌舰照面"的消极想法，更加鼓舞了胜利之师的士气。而群众的支持也使国民党反动势力穷途末路。

解放四岛的枪炮声刚刚平息，人民政府的运输船队就出现在了航道上，渔民们也驾着渔船来到附近海区捕鱼，四岛周围又恢复了勃勃生机。

调整兵力部署

攻占四岛的解放军六十师部队在肃清残余敌人以后，就开始把大部分兵力撤到寨头，进行攻占积谷山的准备工作。

王坤率领 5 个炮兵连由海上进至九洞门，选择攻积谷山的阵地。

在六十师向积谷山岛方向转移兵力时，陈雪江也带领 8 艘炮艇撤回到海门港休整，准备配合六十师解放积谷山岛。

大小鹿山由一七九团一营两个连驻守，羊屿由公安十七师五十团九连驻守，力量比较薄弱。

四岛的失守，让国民党当局大为震惊。

5 月 30 日大陈方面收到蒋介石电令，只有冰冷的 16 个字：

连丢四岛，实为耻辱，切实追查，立即上报。

面对台湾方面的严厉指责，位于大陈岛上的国民党"江浙反共救国军"总指挥部里一片沉闷，大家都默默地坐在那里叹气。

岛屿争夺战

大陈总指挥兼"浙江省政府主席"的秦东昌也是愁眉苦脸的样子。他在房间里走来走去，心头懊丧不已，一时不知道如何是好。

这个秦东昌，其实就是国民党军上将、当年的"西北王"——胡宗南的化名。他是按照蒋介石的安排化名来到大陈岛的。

胡宗南当年统领 10 万国民党军队，为什么这个不可一世的"西北王"会来到弹丸海岛上呢？真是难以琢磨，实际上这也有他的无奈。

胡宗南当起游杂武装的总指挥，他的管辖范围仅温岭和玉环两个空头县，所谓的"浙江省政府主席"也只是一个空头司令。

此刻，大陈岛在解放军的攻击下，使得整个台湾国民党当局惶惶不可终日。

蒋介石在电报上那短短几个字，就像一块大石头压在胡宗南心头上。于是，胡宗南决心夺回四岛，并马上主持召开重要会议。

胡宗南在会上检讨教训，寻找失败原因。

会场的气氛很压抑，有大难临头之势，一个个都低着头，不敢发言。

突然，国民党"海上突击纵队"司令黄八妹站起来大声说道："我认为，要夺回四岛，关键在于加强海上力量。只有打掉共产党的炮艇，夺回四岛才有希望。"

胡宗南见是黄八妹发言，又切中了解放军的要害，高兴起来，说："说得好！这的确是个关键，对此，你有何具体高见？"

黄八妹笑了笑答道："要打掉共军的炮艇，必须了解指挥这支炮艇部队的陈雪江。诸位，都听说过这个名字吧？"

黄八妹介绍了陈雪江其人。

胡宗南也叫来了情报处长，叫他专门介绍了陈雪江的战术特点。

敌人也玩起了知己知彼的战术。

胡宗南还没有听完介绍，心里不由得升起一股无名火。他万万没有想到，在解放战争时期，当自己称王西北，率领大军围攻共产党中央所在地延安的时候，陈雪江只不过是一个团参谋长。

即便是现在，陈雪江也只是一个相当于陆军团长的职位。

胡宗南心里想，这么小的一个官，难道要和他这样一个大司令相提并论，真是太没面子了！

胡宗南越想越火，越想越不是滋味，但不管怎么样，他又不能在自己的部属面前暴露自己的真实身份，以免被自己的部下嘲笑，只好把这股火压下去，但在心里却恨透了陈雪江。

胡宗南带着自己的无奈说道："大家还可以就陈雪江这个人，进一步发表意见。"

与会人员发表了自己的看法，结论是：派出强大舰

岛屿争夺战

艇编队，把陈雪江的炮艇大队消灭掉，掩护国民党部队攻占四岛。

听完大家的发言后，胡宗南最后说："好，我现在决定，由海军组成一支由9艘驱逐舰、护卫舰和炮舰参加的海上编队，由包括黄司令率领的'海上突击纵队'在内的陆军1600多人组成登陆部队。各部都做好准备，等候进攻命令。"

虽然胡宗南决心尽快夺回四岛，但被我军打怕了的胡宗南并没有莽撞行事，决定在行动以前采取多种手段进行侦察。

胡宗南经常派出舰艇，驶入四岛附近侦察，捕捉渔船渔民，从中了解四岛守备情况；又请求台湾派出飞机，从空中侦察四岛的阵地设施。

胡宗南分析了从各方面搜集到的情报，很快作出判断，共军在四岛的防御力量单薄，而且周围没有解放军的炮艇活动。

胡宗南的这个判断，可以说基本符合解放军方面的实际情况。

到了6月19日，胡宗南向国民党部队下达了一道命令：

严密监视海区，一旦发现共军炮艇南下，就坚决消灭它！

命令下达后，胡宗南马上驱车来到码头，登上旗舰"信阳"号驱逐舰，指挥9艘国民党军舰，掩护着搭乘50多艘机帆船和帆船的1600多人，像一群饿狼一样朝着四岛奔来。

19日21时，胡宗南把国民党登陆部队分成两路，一路800多人偷袭羊屿；另一路800多人偷袭小鹿山，并迅速登上了岛。

岛屿争夺战

陈雪江增援友军

面对敌人的疯狂反攻，守岛部队进行着坚强的抵抗，战士们发誓要坚守阵地。

当时在小鹿山和羊屿解放军各驻守一个排的兵力，敌我力量悬殊，武器装备也差别很大，但是，这些困难并没有吓倒战士们。

解放军两个排的指战员面对敌人的来袭，展开了猛烈的阻击。

在那一时刻，滩头炮声响成一片，浓烟滚滚，杀声震天。敌人尸体堆满了沙滩，解放军战士面对强敌，奋勇拼杀。

敌人像一只只恶狗，不停地向沙滩扑来，但一次次被解放军战士打了回去。

解放军也付出了很大的代价，岛上解放军伤亡过半，终因敌众我寡，解放军被迫退守到各自的要塞进行坚守，等待援军的到来。

面对解放军的退守，敌人的气焰更嚣张了，又重新调整部署，向岛上解放军的要点进行反复的冲杀和攻击。

在国民党重兵的不断攻击下，胡宗南连得两岛，高兴坏了，对陈雪江更是不屑一顾，而且他的胃口越来越大。

胡宗南狂妄地叫嚣："天亮以前，给我拿下大鹿山和鸡冠山！"

6月19日，对六十师来说，可以说是度过的最艰难的一天。

政委汪大铭得悉敌人登上羊屿、小鹿山两岛以后，就马上下令停止解放积谷山的准备，转而进入组织部队增援，但都被敌舰艇堵了回来。

政委汪大铭几次打电话给陈雪江，可是一直都没有打通。当时胡宗南派出了那么多军舰，哪一艘军舰都比解放军先进，而且个个都装备精良，六十师一时难以击退敌人。

在敌人进行疯狂反扑的时候，陈雪江正检查配合六十师解放积谷山岛的准备工作，他忙到很晚的时候才打算休息一会儿。

特别疲惫的陈雪江倒在床上很快就进入了美丽的梦乡，但是，还没有睡多少时间，浙江军区参谋长赵俊的电话就把他叫醒了。

电话来得很急促，陈雪江琢磨着，这肯定又有重要任务了。

赵参谋长向陈雪江讲了敌人占领两岛的情况，还介绍了敌人的一些舰艇，并没有直接命令陈雪江去支援被围困的陆军。

素有"牛人"之称的陈雪江接到赵参谋长电话后马上说道："我们炮艇部队马上就去增援，赵参谋长，你下

岛屿争夺战

命令吧!"

赵参谋长在电话那头说道："不，不，华东军区参谋长张爱萍同志要我问问你，你们的炮艇能不能去增援?"

赵参谋长之所以没有向陈雪江直接下达命令，主要基于以下几个方面的考虑：

解放军白天要通过敌人占领的积谷山岛，又要对付敌人的9艘军舰。这对炮艇大队来说困难是难以想象的。

但陈雪江却坚定地回答道："能增援，你就给我们下命令吧。"

赵参谋长依旧没下达命令，说道："不，不，增援也不要勉强，这是张爱萍参谋长的意思。"

陈雪江有些急了，说道："赵参谋长，你告诉张参谋长，陆军老大哥处境很困难，我们炮艇大队不能见死不救。赵参谋长，你快下命令吧!"陈雪江的口气几乎是在央求赵参谋长了。

听到陈雪江这么有信心，赵参谋长许久才缓缓说道："好，我同意你们去增援。不过，在增援过程中，如果遇到非常情况，你可以灵活处置。"

陈雪江在电话里大声说："我明白，你放心。"

放下电话后，陈雪江又叫总机接通了基地司令员张元培的电话，向他汇报了情况。

在电话里，张元培说道："同意你的决定，但要注意安全，遇到非常情况，可以灵活处置。"

陈雪江对着电话大声回答："我明白，你就放心好了!"

其实陈雪江心里明白,两位首长都有自己的顾虑和想法。

陈雪江虽然知道困难重重,但还要使首长放心,因为他有信心击退敌人。

岛屿争夺战

击退敌军的反扑

6月20日，和几位领导通过电话后，陈雪江马上把巡防大队的陈立富、季克勤、张家麟、王立成叫到作战会议室。大家来到后，陈雪江向两位中队长和指导员讲了四岛被敌人反攻的情况。

陈雪江对大家说道："现在时间紧迫，来不及讨论了。你们的任务是，把胡宗南的9艘军舰赶跑，掩护六十师部队登上四岛歼敌，并从海上截住已经登上四岛的敌人退路，协同陆军歼灭逃敌。"

陈雪江停了停，环视了在场的人，继续说："完成这次任务，要安全通过敌占积谷山岛的封锁，避开敌舰在石塘角、西沙山的阻截，而且还要选好出击时机。"

陈雪江对出击时机进行了认真分析：

艇队到了寨头角，应立即隐蔽起来，待到黄昏时，再突然出击，打入敌舰群，进行近距离袭击。

陈雪江又对大家明确指出："大家到达寨头后，中队干部要马上赶到六十师前线指挥部，向汪大铭报到，把我的想法向他报告。张家麟、王立成两个中队长意下如何？"

听到陈雪江问话后，两位中队长说："我们听明白了！"

陈雪江命令道："那好，张家麟、王立成，你们二中队马上出发。"

而陈立富带着疑虑问陈雪江："大队长，我们一中队呢？"

陈雪江解释说："你们一中队在码头等待命令，如果二中队完成任务，你们就可以返回，但如果遇到困难，我就带你们一中队作为第二梯队继续增援。"

之后，陈雪江又对陈立富说："咱们不是和敌舰进行正面较量，而是在夜间把敌舰赶走，掩护我增援部队上岛。如此，我们炮艇去多了，在夜里反而会误事的。"

陈雪江又来到码头，检查了二中队各艇准备情况，对张家麟嘱托道："老张同志，二中队要沉着啊，胡宗南没什么可怕的，他是咱们的败将嘛！"

在出发前，陈雪江又对张家麟说："敌舰多也没有什么可怕，他们最怕我们的夜战、近战！只要你们按照计划，灵活处置，准能胜利！好了，你们走吧，我不送了！"

这次行动确实有一定难度。

要通过积谷山岛，有两条航道可走，一条是内航道，另一条是外航道。

走外航道的航程远些，艇队距离积谷山岛也远些，岛上炮火打不着。但是敌舰肯定会进行阻截，不能走。

岛屿争夺战

艇队只能走内航道。

不过，积谷山岛上的炮火多数对准内航道，而且都是事先标定好命中目标，如果炮艇大队通过，必然遇到猛烈炮击。

但是，积谷山岛上的火炮都是固定的，不能旋转，有射程死角。艇队通过时，可以拉大距离，用陆军步兵"越坑前进"的方法，曲折航行，高速通过，这可以减少被敌炮命中的几率。

陈雪江对张家麟交代完后回到大队部，把陈立富叫到作战指挥室。

在黑夜里，陈雪江和陈立富都在仔细观察着二中队的行动。

4时30分，二中队4艘炮艇准备完毕，由海门港起航南下。

9时，通过积谷山时，遇岛上炮火拦阻。

中队长张家麟指挥各艇拉大距离，利用敌炮火射击死角，以高速作"之"字航行，迅速通过了封锁线。

11时30分和15时，二中队又两次摆脱敌舰拦阻，艇队进至大岙附近隐蔽待机。就在二中队出发后不久，汪大铭和陈雪江联系上了。

汪大铭和陈雪江两人商定：

　　　　向小鹿山、羊屿反击作战的协同动作。反击时间要放在黄昏，白天不行。由寨头增援羊屿部队的起航时间应与艇队出击羊屿东北敌舰的时间一致。艇队发起攻击后，运载增援部队的船只迅速输送部队登陆，得手后再向小鹿山发动进攻。

21时30分，二中队4艘艇在夜幕掩护下高速插入敌舰群，充分发挥机动灵活、射速快的优势，穿梭于敌舰之间，以密集快速的炮火打击敌舰指挥台和暴露在甲板上的火炮。

敌人大惊，纷纷说道："不好了，共军大舰队来了!"

顿时，敌舰上一片混乱。

在慌乱中，敌舰竟然自相残杀起来，分不清是敌还是友。

在这种情况下，二中队4艇拐了一个弯，对着敌人又是一阵猛烈的射击。敌人被打得落花流水，开始向披山方向逃窜。

张家麟见状，马上命令二中队各艇转过炮口，朝着敌登陆部队猛打。

在炮艇的支援下，陆军六十师乘机占领羊屿、大鹿山两岛。

进行反攻的敌人在解放军炮艇大队和陆军的打击下，伤亡惨重。

21日7时，战斗结束。

完成任务后，二中队返航，后来，六十师政委汪大铭赶到锚地慰问。

汪大铭关心地问二中队战士："你们伤亡情况如何？"

指导员王立成笑着说："艇有擦伤，人员无一伤亡。"

汪大铭感慨道："奇迹！奇迹！真是奇迹呀！"

这次作战，陆、海军共歼敌 700 余名，击沉敌机帆船 2 艘，帆船 10 艘，击伤艇舰 5 艘，获得全胜。

二、鏖战积谷山

● 冲在前面的一艘登陆艇的驾驶台多处中弹……操舵手应成堂受伤后，忍着剧烈的疼痛将胸口压在舵轮上，使艇保持航向。

● 解放军艇炮打到哪里，登陆部队就冲到哪里，一直用火力伴随掩护登陆部队攻上山顶。

● 群众络绎不绝来到战地医疗救护站，有的送门板、床板，有的送生活用品，大家一直忙到天黑。

决定发起积谷山战役

四岛硝烟刚刚散去，华东军区海军和浙江军区就组织召开重要会议。

这次会议决定：

迅速发展小鹿山、羊屿等岛的胜利形势，扫除南北航线上的障碍——积谷山岛之敌，进一步控制南北航线。

解放积谷山岛，不仅可以扫除近海航道的障碍，而且可以使大陈海面处于人民解放军陆炮射程之内。

积谷山位于浙江椒江口以南，东距大陈岛 9.5 海里，是大陈岛国民党守军的重要外围据点。该岛地势险要，岛上礁石嶙峋，环岛都是陡崖，只有西侧一条羊肠小道，不易登陆。驻守在这里的是国民党军第二军官战斗团三营七连及配属分队共 1200 多人。

参加攻岛作战的解放军部队，是陆军六十师一七九团三营和温台巡防大队一、二中队 8 艘艇。此外，还有海军舟山基地战舰大队的"临沂"、"遵义"两艘炮舰。

积谷山岛能否成功占领，将决定着四岛战役的最终胜败。

积谷山岛的争夺相对于其他几岛而言，难度十分巨大。这不仅因为积谷山岛本身地形险恶，形如钉子，山上只有一条窄得都无法转身的羊肠小道可以上山，而且，岛上驻敌较多，设防也十分坚固。遍岛都是钢筋水泥工事，山脚山腰布满一道道铁丝网，上下左右挖通了壕沟。这样的情形对解放军争夺积谷山岛而言是十分不利的，具有很大的难度。

此外，先前几岛的失利使国民党海军派来了狡猾的海上老手、第二舰队司令齐鸿章。

此人先后毕业和受训于国民党海军雷电学校一期航海科、要塞炮训练班、德国快艇训练班和美国海训团，历任过艇长、舰长、舰队参谋长和舰队司令，海上作战经验可谓丰富。

随齐鸿章一起到来的，还有敌人的 4 艘军舰。这样，解放军面临的敌兵力已经增加到了 13 艘军舰，攻岛的难度可想而知。

鏖战积谷山

积谷山争夺战

面对积谷山这块硬骨头，解放军联合指挥所召开会议，商讨如何解放积谷山岛。

陈雪江在会上说："我军唯一的优势就是先前几岛的占领使敌人有所畏惧，再与我军作战时会心有余悸。"

六十师参谋长王坤说道："我们决心以一个营兵力登岛，准备投入600人，要把积谷山岛全部拿下来。"

王坤又转向陈雪江说："对你们只有一个要求，那就是在我们登陆前后，请你们炮艇把敌人的舰艇打跑，因为这次只有一个地方能登陆。3个连要从一个地方3次登陆，时间会拖得很长，敌人舰艇肯定会来袭击我们的登陆部队。"

王坤最后又问了一句："你能不能保证做到？"

陈雪江说："要我保证可以，但要依我一个条件。"

王坤急忙问："什么条件？你快说！"

陈雪江笑着说："登陆时间由我来定。"

六十师原确定登陆时间为白天，原因是积谷山地形复杂，地势险要，工事坚固，白天看得清楚，行动方便，便于指挥。

王坤问陈雪江："你认为登陆时间在什么时候？"

陈雪江解释说："黄昏。海上敌我力量悬殊，我们又没有空中掩护，如果白天同敌人军舰正面较量，我们艇队肯定会吃亏。但是，为了提高你们炮兵的命中率，便于部队登陆，可以在天黑以前一两个小时发起进攻，天黑前登陆部队登陆完毕。"

王坤笑着说："这个条件不高嘛，这对我们行动没有多大妨碍。你这里有什么奥妙？"

陈雪江进一步阐述自己的想法："这样白天行动的时间可以缩短，到了夜里，我们就有办法把敌舰打跑！如果增援敌舰没有到达，我们还可以用炮火直接掩护你们部队登岛及向纵深发展。"

王坤说道："只要你们把敌舰打跑，登陆部队不遭敌人舰艇袭击，就算你们完成任务。"

陈雪江继续说："但作为海军，我们有两个任务，一个是保证登陆部队在航渡和登岛过程中的安全；另一个是用炮火直接支援登陆部队歼灭守岛敌人。"

王坤笑了笑："后一个任务就免了吧，只要你们能完成第一个任务，我们就谢天谢地了。"

"好吧。"陈雪江说。

6月24日16时，"临沂"、"遵义"舰进至大陈东北7海里多的海域，开始向大陈岛实施炮击，以钳制大陈守军的行动。

17时20分，温台巡逻艇大队一中队4艘艇掩护登陆输送船由九洞门开始起航，17时40分，抵近敌滩头阵地并开始了射击。

二中队4艘艇进至黄礁山以东海面巡逻警戒。18时，登陆部队第一梯队两个连在艇队火力掩护下，开始实施登陆。由于登陆点十分狭窄，行动一开始便受阻。

冲在前面的一艘登陆艇的驾驶台多处中弹，艇首大门被炸坏，钢缆被打断。操舵手应成堂手臂、耳朵都受了伤，接着右腿又被打断。他忍着剧烈的疼痛将胸口压在舵轮上，使艇保持航向。

在这个时候，二中队514、515两艇抵近敌岸100米处，以猛烈火力打击敌人，掩护受阻的解放军登陆部队迅速冲上敌滩头阵地。

步兵上岸后，因地势陡峻，兵力一时间难以展开，也受到了阻力。

这时，国民党守军居高临下，向解放军登陆部队投下大量手榴弹，造成了我军较大的人员伤亡。

陈立富马上指挥艇队用炮火顺着山坡往山顶急袭。艇炮打到哪里，登陆部队就冲到哪里，一直用火力伴随掩护登陆部队攻上山顶。

在同一时刻，二中队在积谷山以东击退了从大陈驶来增援的3艘敌舰，保证了登陆部队侧翼的安全，为整个登陆创造了有利条件。

21时，登陆部队第二梯队一个连投入战斗。

22时，全歼守敌1200多名，终于取得了积谷山战役的胜利。

医疗救护站支援前线

在积谷山战役激烈进行的时候，温岭县支前委员会组织召开重要会议。

这次会议决定，由县人民政府卫生院抽调医务人员 8 名，配合部队成立战地医疗救护站，负责伤员急救转送任务。

这个救护站设在松门区毕家公所和区文化耶稣堂，有病床 100 张。松门镇需为医疗救护站提供人力、物力等后勤保障。龙门乡石板殿村为接运伤员第一站，须保证伤员及时转运至礁山码头。

当时，救护站抢救伤员 100 多名，由于抢救及时，进站伤员没有一例死亡，受到了县支前委的表扬。后来，解放军六十师登陆部队特送锦旗一面，感谢卫生院的大力支持。

原来，在 1953 年 6 月 20 日，温岭县人民政府就成立了支前委员会，县长邢俊良担任支前委主任。

21 日上午，支前委员会召开支前会议，县人民政府卫生院院长张月湘、松门区副区长贾宝山、松门镇镇长潘俊志、龙门乡乡长潘显继也参加了会议。

会上，邢俊良传达了登陆部队渡海作战解放积谷山的部署，要求大家充分发动群众，依靠群众，全力以赴

鏖战积谷山

做好支前的各项准备工作。其中，伤员救护成为会议的重要议题。

6月22日上午，县人民政府卫生院抽调赵庆元、陈道铭、夏佩兰、池德林、张日正、刘雅祥，箬横区卫生所负责人朱国权和陈邦僚等同志，组成了战地医疗救护站，由赵庆元负责全面工作。

到22日下午，松门镇派来了30多名支前妇女和青年农民与医务人员一起，将毕家和耶稣堂的室内外打扫得干干净净，大家一直忙到天黑。

第二天一大早，群众就络绎不绝来到战地医疗救护站，有的送门板、床板，有的送生活用品，这一天大家又忙到天黑。

毕家原是地主大院，地方很大也很宽敞，这里设有床铺70多张，手术室一间，并内设手术床两张，药房一间，消毒室一间。每床都编了床号，配备床单、枕头、蚊香等。

手术室、药房、消毒室挂着汽灯，病房和走廊则挂回光灯，这在当时算是最好的照明设备。虽然设备极其简陋，但大家却充满了信心。

区、镇政府和支前分会在病房和围墙上张贴了许多鲜红标语，如：

向英勇的人民解放军指战员学习致敬！
慰问光荣负伤的解放军指战员！

这些标语给战地医疗救护站营造了温暖、热情、亲切的气氛。

与此同时，朱国权将急救药品、器材等调运到位。松门镇、龙门乡运送伤员的船只、担架和担架队员等都已调集待命。

6月24日上午，登陆部队派来了军医、医助和卫生员与地方上的医务人员一起工作。

为了提高伤员救治效率，有序收容伤员，战地医疗救护站根据部队同志的意见，把伤员分为轻、重两大类。毕家以收容重伤员为主，耶稣堂则收容一般伤员，而转送伤员须先重后轻。

在工作分工上，采取军地混合编组，下设手术组、治疗组、消毒组、后勤组。

地方上的医务人员和担架队员缺少"实战"经验，他们在部队同志的指导和帮助下，展开了为期三天的"战地演习"，重点放在救护危重伤员身上。

部队战士和地方同志一起抓紧时间练习各项急救技术，包扎、止血、骨折固定是战伤救护中最起码的基本功和要求。

大家拿着绷带、急救包、三角巾、夹板，两人一组互做"伤员"，在不同部位上一次又一次地练习，还要闭上眼睛练，达到不论白天、黑夜都能做到包扎部位准确，动作迅速，打结牢固的程度。

此外，还训练打针技术，要求进针快、出针快，"一针见血"。

此外，松门镇还挑选了30多名年轻力壮的农民为担架队员。他们抬着"伤员"在松门小学的操场上"演习"，训练搬运技术，锻炼耐力、肩力、足力，使伤员在担架上少受震动，保持平稳。

担架队员在烈日下，每天从上午练到下午，全身大汗淋漓。大家忍饿忍渴，没有一个掉队的。为了取得战役的胜利，他们做出了积极的努力。

积极抢救受伤战士

6月24日21时，解放军发起积谷山战役。战斗一结束，伤员分两路船运，一路运至石板殿，当地担架队转送礁山；另一路直运礁山，都由松门担架队将伤员抬到战地医疗救护站。

22时30分开始，战地医疗救护站收容了第一批伤员，接着送来的伤员越来越多，有时一批送来40多名，25日早晨达到高潮。25日上午开始送来的大多是重伤员，以后送来的大多是一般伤员，到下午收容伤员100多名。来了这么多伤员，原有的力量不够用，张月湘日夜守在电话机旁，她听了大家的汇报，便及时果断地决定把箬横区卫生所停诊，全体人员全力以赴支援医疗救护站。

敌人在积谷山驻有一个加强连，凭借积谷山的险峻地形和坚固的坑道防御工事，负隅顽抗，双方战斗激烈，以致解放军伤亡较大，重伤员不断增多。

不少伤员是复合性创伤，胸部受伤又断上肢或断下肢，有头颅伤又有腹部伤。

这些伤员需要进行紧急手术，可是抢救的医疗条件很差。

当时，手术室非常简陋，手术床就用一张床板铺上一条经过高压灭菌的白布单，四周墙壁及楼栅顶板则用图钉将白布钉上，门口再挂一条白布单遮掩。

手术缺少大型高压灭菌器，大家用土办法自己动手搭地灶，上放蒸锅，将蒸笼置在蒸锅上，代替高压灭菌器。

医疗救护站依靠大家这种敢于克服困难的精神，在条件极差的情况下开展伤员救护。他们发扬不怕困难、连续作战的作风，日夜不停地抢救伤员。

当时，负责人赵庆元和军医给一个肺贯通伤、右下肢粉碎性骨折的休克伤员进行抗休克治疗，用大块纱布盖住他的伤口进行包扎。

赵庆元给这个伤员已经骨折的右下肢做了整复，上好夹板，将伤口的泥沙、碎石清除掉，取出弹片，做好这位伤员的手术已是 25 日 1 时了。

这时，"手术床"上还正忙着抢救一个血胸伤员。

赵庆元和军医赶紧过去帮忙，一个忙完了，接着又送来了几个重伤员。

在忙碌中，赵庆元几个人几乎连坐一会儿、歇一下、喝口水的时间都没有，一个通宵就这样紧张地过去了。

25 日、26 日两天更加紧张，伤员一个接着一个，大家忙得脚不落地。

医疗站的每个医务人员都负责管 3 ~ 5 名危重伤员，他们时刻在伤员身边巡回检查，严密观察记录每个伤员的伤情变化，给伤员打针、护理。

松门镇百名支前妇女，在妇女干部的带领下，配合医务人员护理危重伤员，一个人看护一个，日夜轮换。她们视伤员如亲人，给伤员喂水喂饭。

当时，有的妇女给伤员喂粥汤，有的给伤员揩血污、换洗绷带，有的还给昏迷的伤员清理粪便。

这些支前妇女同样是不知疲劳，通宵达旦地工作，她们同样在进行着一场特殊的战斗。

在医疗站的病房里，虽然都是一身是血的伤员，却没有哭泣声、叹息声、呻吟声。

许多伤员咬紧牙关，忍住疼痛，喊着"冲啊，把红旗插上积谷山"、"打到台湾去，解放全中国"等口号，一些昏迷中的伤员也这么喊。

伤员们这种钢铁般的坚强意志，使医疗救护站的全体同志感动得流下热泪，大家都希望保住每一个受伤战士的生命，尽量减少战士们的疼痛。虽然大家都疲乏得简直站不起来了，但还是坚持战斗。

赵庆元再三劝慰大家轮流休息一会儿，但在伤员们这种精神的感动下，谁也不肯休息。

医生张日正是负责消毒的，整天守在灶边，用柴烧火，热得汗如雨下，累得站不稳身子，但他想到这些伤员，精神就振作了。

夏佩兰和大家一样熬红了眼睛，走路时身子都在打晃，头都发晕，但伤员们的精神激励了她，使她忘记了什么是累，什么是苦，为此，她拼命抓自己的头发，不让自己打瞌睡。

经过医疗救护站第一线处理后的伤员，由军医指定，一般先重后轻陆续用汽船送往部队卫生队。到 30 日下午，伤员转送完毕，医疗救护工作胜利结束。

在松门举行的庆祝胜利的大会上，战地医疗救护站受到县人民政府、县支前委员会的表扬。

三、 备战东矶岛

● 解放军最高统帅部强调：一定要收回东矶列
岛。为解放大陈岛、一江山岛做好必要的
准备。

● 前线司令员战前下达命令：务必全歼东矶列
岛之敌，组织严密空防，决不能让敌机窜到
大陈、一江山一线以北。

● 敌人以"试炮"为名，在海面上为非作歹，
袭扰大陆渔民，抢劫往来商船，封锁南北海
上交通。

中央军委下达作战命令

1953 年 7 月 27 日，在四岛之战一个月后，朝鲜停战协定正式签字，抗美援朝战争胜利结束。这个时候，中国的东南沿海依然受到台湾国民党匪军的不断袭扰。

为此，解放军最高统帅部组织召开重要会议。这次会议特别强调：

一定要收回东矶列岛。为解放大陈岛、一江山岛做好必要的准备。

1954 年 5 月 8 日，中央军委要求华东军区攻占东矶列岛，登陆后，要以适当数量的舰艇，依托东矶列岛，配合驻宁波的海军航空兵，掩护守岛部队，打击可能反扑的敌人。

前线司令员战前下达命令：

务必全歼东矶列岛之敌，组织严密空防，决不能让敌机窜到大陈、一江山一线以北。

原来，随着朝鲜半岛硝烟的渐渐散去，因朝鲜战争而被暂时搁置的台湾问题重新提上中央的议事日程。在这个时候，中国人民解放军的战略重心开始向东南沿海地区转移。

台湾当局为了应对这一形势构成的严重威胁，在加强既占岛屿防御守备的同时，于1954年年初与美国政府酝酿"共同防御条约"。

这个所谓的"共同防御条约"就是依靠美方的力量确保其安全。为此，美国和台湾当局的要员接连被派到大陈、金门等地活动。

中央军委审时度势，决定加速解放浙东沿海岛屿的进程，命令华东军区以陆、海、空三军进占头门山、田岙、蒋儿岙三个岛屿，通称"东矶列岛之战"。

远远望去，东矶列岛三岛一体，仿佛是一只可怕的怪兽，蜷伏在浙东沿海的水面上，龇牙咧嘴，狰狞可怖，似乎随时都会扑过来咬你一口，就如同国民党和蒋介石一样。

这是一个天然的前沿要塞。要夺取大陈岛、一江山岛，必须首先攻克这个天然的屏障，然而敌人却死死地守在这里，负隅顽抗。

蒋介石为了保住大陈岛和一江山岛，在这个不起眼的怪岛上投放了大量的兵力，让岛上的居民苦不堪言，给当地老百姓带来了很大的不幸。

东矶列岛的守敌，是一江山地区敌人司令部派出的以王枢为大队长的游击队，这些游击队有100多人，配有长短枪100多支，还有无线电台，可与一江山岛的司

备战东矶岛

令部进行联系。此外，还有海匪黄八妹的势力。

东矶列岛上的敌人随时能得到一江山岛地区司令部的支援。此外，岛边还经常驻有小型炮艇、大型舰各两到三艘。

东矶列岛上的国民党顽固守军利用手中的这些重型武器，张牙舞爪地肆意横行，不仅到处袭扰解放军的船只，而且严重地破坏了当地百姓的生活。

这些顽固分子经常以"试炮"为名，在海面上为非作歹，袭扰大陆渔民，抢劫往来商船，封锁南北海上交通，极大地威胁着沿海渔民的安全。

研究进攻方案

为了尽快完成中央关于发动东矶列岛之战的指示，早在 1954 年 4 月 25 日，总参谋部就发出电示，希望华东军区可以马上采取行动。

电文如下：

> 华东军区应抽调陆军一个团的部队，进驻并巩固田岙岛和头门山岛，配合海军执行护渔任务和确保该区航行安全。华东海司应组织现有力量，积极寻找战机，对猖狂活动的敌人给以严厉打击。

根据中央的指示，浙江军区和华东海军高度重视，并在宁波召开三军作战会议，研究猫头洋护航作战和协同配合陆军进占东矶列岛的方案。

5 月 6 日，华东军区海军下达命令：

> 我华东军区海军负有配合陆军进占田岙、头门山等岛屿作战任务，运送陆军登陆，打击敌人从海上和空中可能的反击，保证陆军登陆安全；第六舰队"南昌"、"广州"、"长沙"、

备战东矶岛

"开封"舰组成掩护队。

舟山战舰大队"瑞金"、"兴国"舰归第六舰队指挥，其作战任务由六舰队授予；鱼雷快艇一个中队待命配合第六舰队对敌水面舰艇实施鱼雷攻击，归六舰队指挥。

东矶列岛是解放军和国民党军队争夺的重点岛屿。

东矶列岛位于浙江沿海海门港外，列岛最北端为小鹅冠，最南端为大茶花，东自东矶岛，西抵大竹山。列岛由田岙、头门山、蒋儿岙等主要岛屿和数十个小岛及礁石组成，总面积 18.3 平方公里，分布海域 500 平方公里。

浙东沿海的东矶列岛矗立于台州湾和三门湾的对面，扼守着海门、石浦航线的要冲，控制着浙东的辽阔海面，地理位置十分重要。

国民党军以大陈为主要基地，以东矶列岛为前哨据点，经常以"永"字号马达小型炮艇、"太"字号和"接"字号大型舰各两到三艘，掩护其机帆船截击、抢劫商船，封锁南北海上交通，破坏台州湾地区渔业生产，还不时向我人民解放军海军护航护渔舰艇挑衅。

胡宗南当时由于在浙东屡战屡败被迫去职，由原国民党第六十七军中将军长刘濂一出任"大陈防卫司令部"司令，下辖步兵四十六师又 1 个团，游杂部队 7 个大队及 1 个海上总队，共计 2 万多人。

面对敌人的袭扰和破坏，华东军区海军根据中央军委和海军赋予的作战任务，早在 1954 年春汛前后，就在猫头洋渔场和三门湾海区对敌人展开了以夺取制海、制空权为目标的全面进攻。

　　华东军区海军为了维护老百姓的安全，准备配合陆军部队解放东矶列岛，彻底打击国民党守军的嚣张气焰，让国民党"反攻大陆"的计划彻底破产。

备战东矶岛

召开三军首长作战会议

5月8日，华东军区参谋长张爱萍率作战处副处长石一寰、海军参谋郑武、空军参谋袁仲仁赴浙江宁波，召开三军首长作战会议。

参加这次作战会议的有军区副参谋长王德，军区空军副司令员聂凤智，军区海军副司令员彭德清、参谋长马冠三，海军航空兵副司令员曾克林、副参谋长纪亭榭，浙江军区代司令员林维先。

此外，二十军副军长王朝天，以及各军兵种的参谋长、作战处长、通信处长、情报处长，包括苏联顾问也参加了会议。

这次会议作出了如下决定：

以步兵第六十师一八〇团主力进展头门山、田岙，以公安十六师四十八团二营……进占蒋儿岙，各部进占后，构筑工事，组织抗登陆防御。

华东军区海军参加解放东矶列岛的兵力和任务是：

"碾庄"、"卫岗"两艘登陆舰及16艘登陆艇组成登陆输送队，运送陆军部队登陆。

台州、嵊泗 2 个巡逻艇大队 12 艘炮艇组成警戒队，掩护陆军航渡和登陆，并担任对大陈、渔山方向的巡逻警戒。

"南昌"、"广州"、"长沙"、"开封"、"瑞金"、"兴国"等护卫舰组成掩护队，担任登陆输送队侧翼警戒，打击出扰反扑的敌舰。

鱼雷艇一个中队待命配合护卫舰作战。驻宁波机场的海军航空兵二师六团和从上海调来的一师四团一大队负责掩护海上舰艇部队行动，单独或协同舰艇部队对敌机作战。

海军航空兵部队是 1954 年 2 月进驻浙东前线的。

在 3 月 18 日，二师六团副大队长崔巍、中队长姜凯驾驶米格－15 比斯双机在三门湾上空击落国民党空军F－47 型战斗轰炸机两架。

海军航空兵部队首战告捷，受到海军司令部的通报表彰，也使敌人领教了解放军的厉害。

为了便于实施统一指挥，由浙江军区、华东军区海军和海军航空兵组成联合指挥所，任命浙江军区代司令员林维先为指挥，华东军区海军参谋长马冠三、公安第十六师师长李国厚、步兵第六十师参谋长王坤、海军温台水警区副司令员陈雪江为副指挥。

联合指挥所在黄岩县速成中学开设，后移至白沙山。

在发起进占东矶列岛的战斗之前，粟裕总参谋长于 5 月 13 日指示：

> 我陆海空军联合作战尚属首次，为保证进占头门山、田岙任务顺利完成，统一指挥并协调三军行动，对付进占后敌陆海空军可能的联合反击，特派张爱萍同志前往统一指挥，待进占部队构筑工事巩固阵地后，解除指挥任务。

四、 夺取制空权

- 发现敌人的目标后，解放军"兴国"和"延安"舰马上出击，一发炮弹当即命中敌"永"字号舰尾，起火冒烟。

- 姜凯见已经摆脱危险，便加大油门，向一架敌机追去，一个上升转弯，绕到敌僚机尾后，连续射击3次，将敌机击落。

- 保锡明忍着伤痛狠拉驾驶杆，把飞机升得更高，以使燃油烧完还能滑翔回去。飞机一直爬到7000米高空才改为平飞。

解放军炮舰出击

在解放军准备攻占东矶列岛的时候，顽固的敌人还在做着最后的垂死挣扎，并加强了对东矶列岛的防卫工作，部署了大量的兵力。

有一天，敌防卫司令部在大陈岛召开作战会议，在会议刚刚结束的时候，国民党一位陆军中将首先出现在大门口。

这个人，就是前来接替胡宗南的大陈防卫司令部司令刘廉一。

刘廉一虽然是陆军出身，但他对海军还是比较了解的。比起胡宗南来，刘廉一年纪轻，野心大，脑子灵，他也总想找个机会好好表现自己。

新上任的刘廉一还是有"三把火"，他一开始就对国民党军队进行整顿与整编，撤换了一批指挥官，换上了许多年轻的指挥官，组建了防卫司令部下辖的1个师又1个团、7个游杂部队和1个海上纵队，共有2万多人，可见刘廉一的用心良苦。

此外，刘廉一还拥有许多特权，可以指挥大陈的10多艘舰艇，随时请求台湾空军支援。

跟在刘廉一后面的，是舰队司令齐鸿章。

在积谷山岛失守以后，齐鸿章之所以没有像胡宗南那样遭到撤职，是因为蒋介石考虑他刚到浙东不久，不算他的过失，又念其是数枚奖章获得者，故要他继续指挥舰队协助刘濂一。

会议结束后，"海上突击纵队"司令黄八妹快步跟了上来，她仍是渔妇打扮，这是她引以为自豪的打扮。她总是对别人自诩：

你们这些堂堂的将军，还不如我这个渔妇呢！

国民党军队的溃败，也难怪让这个姓黄的渔妇这样说了。

黄八妹能够在刘濂一的整军中保留现职，一是四岛失利与她无直接关系，二是刘濂一还需要她，而且把她的部队放在第一线——东矶列岛。

刘濂一、齐鸿章和黄八妹等进了汽车里，开足马力直向山头奔去。

他们刚开完了对解放军作战的会议。在这次会议上，他们商定，要利用猫头洋一年一度的鱼汛，引出我海军的舰艇，然后，他们再组织海、空军，对我军实施联合打击。

"齐司令，你还有什么高见？"刘濂一问。

"现在又有了空军配合，那几艘小炮艇还不是小菜一碟！"齐鸿章答道。

夺取制空权

"据情报称，共军护卫舰已到了舟山。"

"那些护卫舰我知道，都是些刚下海的'旱鸭子'，要同我舰队交手，还很嫩啊！"

"可你别忘记在万山群岛的失误！"

"那是解放军该死的小炮艇使坏，共军要出动护卫舰，就有好戏看。"

刘濂一点点头，又转向黄八妹，说道："本司令之所以把你的部队放在东矶列岛上，是因为那里实在重要。首先，自从四岛失守后，东矶列岛成了第一线；其次，东矶列岛距离猫头洋最近，抬眼就能看见。"

黄八妹会意地点点头，她也知道东矶列岛的重要性。既然国民党这么信任她，如今也只好从命了，但解放军这么厉害，她能守住这个岛吗？

黄八妹心里七上八下的……

他们乘坐的汽车在山腰间的一座房子门口停了下来，这是台湾空军设在这里的飞行管制站，专门引导飞机配合陆、海军作战的。

刚下车，空军上校便迎上来说道："欢迎你们的到来。"之后，空军上校伸过手来，接着说，"你们来得正是时候，我们很快就要组织出击。"空军上校握着刘濂一的手继续问道，"不知刘司令有何指示？"

刘濂一笑了笑说："当然是希望得到你们空军的密切配合。"

空军上校笑着回答："这没有问题，我来大陈前，空军司令部有命令，不管你刘司令有什么要求，我们一定尽量满足。"

说话间，刘濂一突然接到要他立即回司令部的紧急电话。

他马上驱车回去，并叫齐鸿章、黄八妹回部队等候命令。

原来，刘濂一立刻返回的原因是，蒋介石马上要到了！

5月20日是蒋介石"连任总统大典"。他要在"大选"以前巡视大陈岛，以证明对这一地区的重视和对前线将士的关怀。

"峨眉"号军舰慢慢地靠上码头，刘濂一立即率领将领登舰迎接。

蒋介石由刘濂一陪同，巡视了大陈，又去一江山、渔山诸岛等海域转了一圈。

巡视中，蒋介石就如何防务大陈诸岛作了许多指示。在离开大陈岛前，还给刘濂一丢下一句话：

> 大陈是我们党国反攻大陆的前进基地，而东矶列岛是我们前进基地的前哨阵地，一定要守好，不可疏忽。

刘濂一送走蒋介石以后，就马上命令齐鸿章率舰队袭击我猫头洋渔场解放军。

夺取制空权

面对敌人的袭扰，解放军舟山基地司令员张元培，接到华东军区海军的命令：

立即派炮舰南下支援巡逻艇队作战。

接到命令后，张元培把任务交给"兴国"、"延安"两艘炮舰。

两舰立即起航，并有舟山基地巡逻艇大队的 6 艘炮艇配合行动。

1954 年 3 月 18 日凌晨，分队指挥员聂奎聚指挥"兴国"和"延安"两舰隐蔽进至三门湾之北泽岛附近海面秘密埋伏，寻找机会对出扰的敌舰艇进行突然打击，挫败敌人的企图。

果然不出所料，敌"太"字号护卫舰、"永"字号扫雷舰及小型炮舰各一艘，出来炮击解放军护渔船。看来敌人早有预谋。

发现敌人的目标后，解放军"兴国"和"延安"舰马上出击，一发炮弹当即命中敌"永"字号的舰尾。

敌舰便迅速起火冒烟。

解放军"兴国"和"延安"舰正要扩大战果，继续进行猛烈射击，突然遇到敌 F-47 型战斗轰炸机的袭击。

"兴国"和"延安"两舰不得不停止炮击，给了敌舰喘息的机会。

所幸的是，敌机的投弹技术很差，并没有击中解放军的舰艇。

与此同时，正在三门湾活动的解放军 6 艘炮艇在击伤敌舰 1 艘后，也遇到 6 架敌机的攻击。敌机投下了 6 颗炸弹。

解放军 6 艘炮艇虽然进行了还击，却没有击中一架敌机，终因艇队过于密集，致使 615、505 两艘炮艇中弹受伤，并有人员伤亡。

夺取制空权

击落敌军轰炸机

在敌机的轰炸下，解放军的舰艇处于危险与被动之中。分队指挥员聂奎聚紧急发报给舟山基地，要求海军航空兵宁波指挥所派飞机进行空中支援。

解放军海军航空兵是 1952 年 4 月开始组建的。当时只有一所海军航空学校，以及航一师的水鱼雷轰炸机团与歼击机团、航二师的歼击机六团。

六团进驻宁波机场不久，由海军航空兵司令部副参谋长纪亭榭常驻这里指挥。

纪亭榭得悉由于没有航空兵掩护，解放军舰艇遭到轰炸的通报以后，立即命令担任值班的副大队长崔巍和中队长姜凯，随时做好起飞迎敌的准备，并向华东军区防空军作了报告。

按规定，在华东地区的海军航空兵作战，必须同时接受华东军区防空军指挥。

华东军区的防空军指挥部回电话提醒说："纪副参谋长，是不是不起飞为好？敌机可能乘隙袭击我宁波机场。"

纪亭榭陷入了深深的思考，他原是空军三师副师长，朝鲜战争期间曾在中朝联合司令部空军前线指挥所参与指挥过最大的一次空战。

那次空战的空域达 100 多公里，参加的飞机，美国有 300 架次，中朝 200 架次。

空战从 1.2 万米高空打到 100 米低空，直打得美国空军大败而回。

当时纪亭榭指挥果断、机智、灵活。在几个月前，纪亭榭才从空军调来海军航空兵。

为了使解放军六团早日起飞作战，他很快就组建了航二师机关，健全了各级组织，加强了敌前训练，完善了保障系统。

纪亭榭曾对当时敌我力量作了分析。他认为六团的长处是：

斗志昂扬，参加过抗美援朝作战，曾击落美机 10 架，击伤 1 架，一批骨干有空战经验。全团进行了 3 个月的空战和射击科目训练，能够升空作战。使用的米格－15 比斯速度大、升限高，爬升和俯冲性能比较好。

纪亭榭同时指出六团的弱点是：

飞行员缺员较多，多数只飞过 100 至 200 小时，没有作战经验，也没有经过复杂气象和海上训练。

而敌机飞行员，大都飞过 1000 至 2000 小时，技术熟练，战术灵活，熟悉海区，其螺旋

夺取制空权

桨飞机续航时间长，水平机动性能好，地面保障完善。

同时，敌机也有弱点，主要是：

人员斗志不强，飞机性能速度慢，升限低，爬高和俯冲性能比较差。

当时的实际情况是，机场除两架值班飞机外，其他飞机都在其他空域执行任务。

如果在这个危险的时候，值班飞机起飞掩护舰艇部队，敌人的轰炸机就可能乘隙前来袭击机场，机场必将受到严重损失。

但是，如果解放军的飞机不起飞，解放军舰艇部队也将受到严重威胁，后果将不堪设想。

到底该怎么办呢？纪亭榭向参谋询问了敌机活动情况，认为现在敌机的主要攻击方向不是袭击机场，而是解放军的舰艇部队。

纪亭榭拿起电话，向华东军区防空军指挥所报告了自己的分析和决心。

他说道："眼下敌机没有袭击我机场的迹象，我想咱们的飞机是可以起飞的。"

华东军区防空军指挥所的领导说："那就由你决定吧。"

纪亭榭放下电话，立即下达了"起飞"的命令。

解放军飞行员崔巍、姜凯接到命令，马上驾机飞到战区上空，盘旋搜索敌人的飞机和正处于危险中的解放军的舰艇。

空中能见度很差，远处朦胧不清，崔巍、姜凯终于在南田岛上空发现敌机4架，正向南飞。

果然不出他们所料，敌机正在盘旋着寻找解放军的海上舰艇。

崔巍、姜凯迅速向敌机扑去。

崔巍下降高度，尾随隐蔽接敌，第一次开炮，因距离远，没有命中。

敌机发现遭到攻击，右转企图摆脱。

崔巍马上切半径靠上去，在距离敌机400米时再次开炮，打得敌机空中开花。

另两架敌机企图夹击崔巍，被姜凯冲散。

姜凯见已经摆脱危险，便加大油门，向一架敌机追去，一个上升转弯，绕到敌僚机尾后，连续射击3次，将敌机击落。

纪亭榭事后报请总政和海政批准，授予崔巍、姜凯银盾各一座，各记三等功一次，并召开隆重的祝捷大会，给予两人极高的赞誉。

解放军海军航空兵第一次升空就击落两架敌机，揭开了海空的战斗序幕。

航空兵真是好样的！正是他们的勇敢和机智才击落

夺取制空权

了敌人的轰炸机。

更可喜可贺的是解放军水面舰艇和航空兵第一次协同作战取得了成功！这也为解放军海陆空三军作战打下了基础。

从这次海、空协同作战中，解放军水面舰艇指战员体会到，只有在海军航空兵的掩护下，才能保障舰艇的安全，并取得胜利。解放军航空兵则感到自己肩负的担子更重了，决心夺取制空权，为海军创造有利条件。

护卫舰打击敌舰

国民党海、空军受到打击后，不敢再轻易袭扰我东南沿海的渔场和航道了。

但是，东矶列岛这个海匪聚集的地方，仍然在敌人的手里控制着，斗争的形势依然十分严峻。

为了防止敌人的反扑，打击位于东矶列岛的海匪和国民党的守军，华东军区海军根据华东军区的统一作战部署，制定了作战部署：

> 以舟山基地登陆艇大队的"碾庄"、"卫岗"两艘登陆舰及十六艘登陆艇，组成登陆输送队，运送陆军六十师一八〇团准备登陆。
>
> 令台州、嵊泗两个巡逻艇大队十二艘炮艇组成警戒队，准备掩护陆军航渡和登陆，并担任对大陈、渔山方向的巡逻警戒。
>
> 第六舰队组成护卫舰掩护编队担任登陆输送队侧翼警戒，打击袭扰反扑的敌舰，而鱼雷艇一中队待命配合护卫舰作战。
>
> 海军航空兵二师六团负责掩护海上舰艇行动，单独或协同舰艇对敌机作战。
>
> 所有参战部队，由浙江军区和华东军区海

夺取制空权

军组成联合指挥所实施统一指挥。

第六舰队司令员邵震和副司令员冯尚贤，接到"南下执行任务"的命令以后，立即开始行动。

第六舰队，是海军第一支护卫舰部队。它是在华东军区海军第一舰大队和第二舰大队基础上扩编而成的。第六舰队于1950年4月在上海成立。成立时，陈毅司令员到会作了报告。

第六舰队下辖3个大队，共拥有护卫舰10艘。

当时的第六舰队由于没有空中保护，一直在定海以北海域活动。因此，这是第一次南下，主要是执行护渔护航的任务。

第六舰队第一任司令员是饶子健，邵震是第二任司令员。

邵震原是陆军副师长，在参加解放万山群岛战役后，即调来第六舰队任司令员。

副司令员冯尚贤，原是陆军二十五军七十五师参谋长，在海军学校学习了半年多的时间，还是学习技术的尖子呢！

邵震和冯尚贤虽然在陆军都打了10多年仗，见过了大大小小的战役，但这次指挥护卫舰南下执行任务，都属第一次。

这两位司令员都把执行这次任务看作是"护渔护航演习"。

这次第六舰队参加南下执行任务的护卫舰有"南昌"、"广州"、"长沙"、"开封",另外配属由聂奎聚指挥的舟山基地战舰大队的"瑞金"和"兴国"两艘炮舰,比起几年前威风多了。

两位司令员围绕面临的任务,就敌我力量进行了分析。

敌舰艇数量多,训练有素,有的还有海战经验。解放军舰队军舰数量少,技术水平差,但速度比敌人快,火力也明显优于对方。

他们还分析敌人尚不了解我护卫舰的情况,最近肯定会出来骚扰。

两位司令员研究决定:

派"瑞金"、"兴国"两艘炮舰前往诱敌北上,然后在敌人占领岛屿的炮火射程之外与敌作战。

作战方案确定后,副司令员冯尚贤马上率 4 舰由上海起航南下,于 4 月 27 日夜进入作战海区。

大队长李辛指挥"广州"和"开封"两艘护卫舰在檀头山北部抛锚待机,分队指挥员聂奎聚指挥"瑞金"和"兴国"两艘炮舰则在南面诱敌。

4 月 28 日上午,聂奎聚报告:

夺取制空权

发现敌 1 艘"信阳"号驱逐舰、两艘"太"字号护卫舰和 1 艘"永"字号扫雷舰。敌舰编队发现我"瑞金"、"兴国"只是两艘炮舰，马上接近并射击。

冯尚贤命令聂奎聚道："立即诱敌北上！"

冯尚贤又命令两艘炮舰："继续诱敌北上！"

冯尚贤不停地计算着敌我军舰的位置，当炮舰"瑞金"、"兴国"处于敌舰编队正前方阵位，护卫舰"广州"、"开封"处于敌舰编队左舷前方阵位，形成两舷夹敌编队的时候，冯尚贤马上下达命令："出击，开炮！"

解放军编队火炮指挥员冯长天，指挥两艘护卫舰，集中强大的火力进行射击。

三发炮弹当即命中敌指挥舰"信阳"号。

敌人没有料到解放军的炮火如此猛烈，一时被打得晕头转向，顾不得应战就乱作一团，各自掉头向渔山列岛方向逃去。

就在这时，敌机突然出现在战区上空，寻找解放军护卫舰。

冯尚贤马上命令道：

对空引导组，立即呼叫宁波机场！

对空引导组，是接受"3·18"海战经验而特地由海军航空兵派到指挥舰"广州"号上来的，这次果然派上了用场。

"海鹰，海鹰，我是海魂，飞贼出动了，飞贼出动了。海鹰，听见没有？请回答！"

"我是海鹰，明白！"

这个时候，海航副参谋长纪亭榭一看敌机位置，已经超出 200 公里的作战范围。

在首战告捷以后，纪亭榭就组织飞行员就许多战术问题，如怎样扩大海空战区，怎样进行海上的低空作战，怎样远伸作战等诸多问题，进行了认真的讨论，并在取得一致意见的基础上，不断组织飞行，多次进行反复的练习。

这次遇到超出 200 公里的作战范围，幸好早就有所准备。

纪亭榭一听到"广州"舰上的对空引导小组的呼叫，就当机立断，命令值班双机起飞。

可是，当解放军的双机编队飞临自己舰艇编队上空的时候，4 架敌机已经不见踪迹了。

解放军护卫舰编队在双机掩护下安全返航。

为确保解放军登陆编队隐蔽集结、航渡和安全登陆作战，纪亭榭领导指挥所制订了周密的迎击敌机的全套方案。

同时，为了保证远距离作战，纪亭榭还报请华东军区防空军在南田岛上建起了雷达站。

夺取制空权

指挥所又配备和加强了指挥舰上的对空引导组，进行技术性隐蔽引导，进一步加强舰艇与飞机协同作战的能力。

到了 1954 年 5 月 11 日，登陆部队便于海门集结，进入临战状态。

东矶列岛之战就要开始了。

初步夺取制空权

1954 年 5 月 11 日，在海门港、白沙湾内，解放军从各地调集的大批机帆船、木壳登陆艇陆续集结待命，中间包括一直活跃在台州沿海的、素有"陆军海战队"之称的水兵连。

攻占东矶列岛，必须要保证空中安全，没有制空权就没有制海权，所以一定要掌握制空权。

海军航空兵司令部派出副司令员曾克林和副参谋长纪亭榭到浙东前线，在宁波机场设立指挥所，指挥装备有米格－15比斯型歼击机的第二师六团和装备有拉－11型活塞式歼击机的一师四团一大队协同海军舰艇部队和陆军部队作战。

海军航空兵这次担负的具体任务是：

> 夺取海门、一江山、渔山一线 150 公里半径的制空权，务必歼灭来犯之敌。航二师要尽可能远距离出击，歼敌于海上战区和登陆部队、舰艇集结地域之外，从空中保证渡海登岛作战的胜利。

宁波指挥所受领任务后，再次对国民党的空军实力

夺取制空权

和以往活动情况进行了细致的分析和侦察，研究判断敌机近期很可能前来偷袭。

为确保战区的安全，坚决打掉侦察袭扰的敌机，指挥所制订了周密的迎击敌机的方案：

一、如国民党单机或双机来犯，即用一等战斗值班的双机起飞迎敌，三等值班的飞机立即转入一等待命。

二、如国民党6架以下小批次来犯，应该由值班中队起飞迎敌，其他兵力转入战斗值班待命。

三、如国民党12架以下小机群入窜，则在保证机场安全的前提下，投入最大兵力起飞对敌人进行反击。

四、如国民党以大机群突袭，则请求空军支援，海军航空兵重点歼灭海上战区的敌机。仍然采取先敌发现，占位攻击，近距离瞄准开炮狠打的基本战术。

为了加强舰、机协同，密切配合作战，航二师在舰队指挥舰"南昌"号上设立了对空作战目标的引导组，这在人民海军的历史上还是首次。华东防空军在南田岛上建立了雷达站，以保证航空兵部队的远距离作战。

5月11日10时30分，敌人空军两架F－47型战斗轰炸机突然从松门以南30公里飞来，在大陈上空盘旋，行动十分诡秘。

这是国民党的飞机在3月18日被解放军空军击落后又一次出现，距离在宁波机场200公里外，其活动意图一时难以弄清。

F-47属于战斗轰炸机，在国民党空军大陈岛飞行管制站指挥下，倚仗低空性能好、飞行续航时间长等优势，经常配合舰艇对浙东沿海进行侦察轰炸，破坏海上运输和渔业生产。

宁波指挥所为掩护解放东矶列岛登陆部队的集结，不暴露作战意图，马上派飞机远距离拦击敌机，防止其侦察袭扰。

担任当天战斗值班的六团中队长保锡明和飞行员董世荣奉命出击。

飞机用最大速度向战区飞去，越过规定的150公里巡逻线到达头门山上空时没有发现目标。指挥所根据标图命令继续向前搜索。

3分钟后，双机已经过了松门。

由于海上有雾，天地线难以分清，很难发现敌机，他们便掉转机头沿原航线往回搜索。

待保锡明和飞行员董世荣飞至大陈西南15公里的时候，僚机董世荣报告右后下方有两架敌机，保锡明马上命令董世荣进行攻击。

飞行员董世荣降低高度，隐蔽逼近敌僚机，在相距

夺取制空权

400 米处开炮击中敌机右翼。

受伤的敌机倚仗其低空性能优越，采取不规则的左右急转、上下机动的方法进行躲避。童世荣穷追不舍，与敌拉小圈子进行水平缠斗，因盘旋机动性能不如敌机，连续发起 6 次攻击也未击中敌机。

保锡明在掩护董世荣攻击敌僚机时，发现了敌长机。于是，保锡明利用米格－15 比斯飞机速度快、垂直机动性能好的优势，将飞机拉起到一定高度，占据敌后有利位置，始终将敌置于自己视线之内，并寻机接近敌机发起攻击，然后从侧方退出，提升飞机高度再次占据有利位置攻击敌机。

保锡明在 300 米到 1000 米的运动距离处，连续射击 7 次，命中 3 次。敌机带着还没有投下的炸弹便栽入松门以东的大海中。

正当保锡明击落敌机上升转弯向左脱离时，一不小心被从左上方正面飞来的敌僚机击中两弹，一弹射中机翼，一弹穿透座舱。保锡明右臀部负伤，保险带和裤子着火，舱里到处都是黑烟，他抛掉座舱盖准备跳伞。

指挥所听到人机负伤的报告后，气氛顿时紧张起来。

纪亭榭问明具体情况，考虑到飞机还能驾驶，而且驾驶员在负伤出血的情况下跳伞，会因为剧烈运动而大量出血，要是掉到海里就会机毁人亡。因此，纪亭榭便连续提醒保锡明："沉着、冷静！"

"趴到风挡后面，坚持飞回来！"

"注意油量！"

保锡明忍着伤痛狠拉驾驶杆，把飞机升得更高，以便燃油烧完还可以滑翔回去。飞机一直爬到7000米的高空才改为平飞。

这时，保锡明的伤口大量出血，浑身无力，机身不时倾斜抖动。最后，在操纵非常困难、油料即将耗尽的危险情况下，他终于驾着飞机安全落地。飞机滑跑停止后，他便晕倒在座舱里，鲜血染红了衣服。

由于保锡明和董世荣在200公里外拦击敌机，使得敌机未能完成侦察袭扰的任务。特别是机长保锡明在人、机负伤的危急情况下克服重重困难，以坚忍不拔的顽强毅力驾机返回机场，这种精神是非常可贵的。

后来，海军司令部、政治部给他们荣记二等功。

由于飞行员初次升空作战，缺乏实战经验，飞机没有保持一体，导致形成各自为战的局面。另外保锡明大意轻敌，以致被敌人钻了空子，这是海军航空兵战斗历程中第一个深刻的教训。

庆祝大会开完后，部队情绪却出现了波动，有人忧虑地说道："飞机的红色警告灯都亮了，打得太远了，太冒险了！太不可思议了。"

还有一些人认真地说："红灯一亮，就该跳伞，这是规定。"

在这种情况下，究竟如何处置，纪亭榭在总结会上，引导大家进行讨论，最后统一了认识：

夺取制空权

这次远距离出击，击落击伤敌机各 1 架，保证了登陆部队集结点的安全；我双机越过敌人指挥中心——大陈岛作战，使敌人惊恐不安，是击落击伤敌机以外的又一重大胜利。

凭这两条，保锡明、董世荣双机做得对。至于油量表红色警告灯闪亮，主要是在战区活动时间过长；人、机负伤的原因不是作战距离远造成的。

根据在讨论中提出的问题，纪亭榭又进一步引导大家讨论改进的方法，并在训练中一个一个地进行克服。

通过这次实战和训练，我飞行员的作战水平得到了进一步提高。

五、 陆海空大战

● 12 时 5 分，国民党空军两架 P-51 型飞机利用复杂气象作掩护，突然经大陈、檀头山向象山浦北犯，进行侦察袭扰。

● 傅益民兴奋得几乎要叫出来，抬头望一眼正前方舰钟，确定时间，又根据时间确定太阳的季节方位，明确艇所在位置，一扳舵轮，向前冲去。

● 傅益民刚要躲避，但紧随而至的另一架飞机扑过来，他不得不再次转向，还未转过身，前面一架敌机开火扫射。

进攻东矶列岛

5月15日中午，人民解放军陆海军部队开始发动东矶列岛进攻战。

12时5分，国民党空军两架P-51型飞机利用复杂气象作掩护，突然经大陈、檀头山向象山浦北犯，进行侦察袭扰。

为保证总攻兵力顺利展开，并保证登陆作战的隐蔽性和突然性，宁波指挥所命令六团副大队长宋国卿、中队长常化臣双机出航，到小鹅冠一带海域拦截敌机。

宋国卿双机在下着小雨、能见度只有一两公里的复杂气象条件下，飞抵战区上空。

当从1200米降到800米高度的时候，宋国卿发现右前方300米处两架敌机正迎头飞来。他在向指挥所报告和命令常化臣跟上的同时，果断地反扣下去。敌机慌忙做个大坡度急转弯摆脱。

宋国卿初次攻击不成，遂不与对手进行水平纠缠，而以急上升反扣动作，迅速咬住右边一架敌机。在开炮击中其尾部的片刻，又立即拉起，重新占位攻击。经连续4次占位攻击，终于将敌机击落。

这次作战，常化臣吸取了保锡明双机未保持一体为敌所乘的教训，始终紧紧跟随长机宋国卿，占据有利的掩护位置，严密监视敌机，不让敌机有可乘之机。

当宋国卿发起攻击时，另一架敌机曾两次企图偷袭，由于常化臣占据有利位置紧跟掩护，敌机偷袭未能得逞。

六十师参谋长王坤目睹了这个场面，感到十分欣慰。当时正赶上鱼汛，白沙湾海面上总有上千条渔船，渔民们目睹了解放军空战胜利的画面，都惊喜万分。

突然，像刮来了一阵狂风，渔民们不约而同地丢下渔网，大声欢呼着摇橹直上，向海空中坠下的一个黑点合围过去。

渔民的船只全都围了上去，简直像陆地上千军万马的集团冲锋似的。大家抢先去抓刚从国民党军飞机上跳伞下来的飞行员。

王坤正担心国民党军会不会已经发觉解放军攻占东矶列岛的意图，就令人把飞行员抓来审问。

据俘虏供认：

> 因接到金门岛特务情报，说解放军有大批
> 商船集结，特来探究虚实。

因为在这以前，解放军商船也常常在这里大批集结，等待海军的护航。根据这种情况，惯于玩弄海盗伎俩的国民党军队，是有可能把解放军准备登陆的舰队当成商船的。

宋国卿击落敌机后，掩护了攻岛兵力的顺利展开。

陆海空大战

18时30分，担负支援警戒任务的舰艇部队先后由海门、白带门起航，直扑东矶岛。

那天，海面上雾气弥漫，能见度不到1000米。紧随其后的解放军登陆部队刚欲解缆，忽然听见有炮声响起，指挥部忙向海军了解情况，回答是解放军舰艇并没有和敌人相遇，所以也不知道敌人为何要开炮。

解放军侦察员又向岸上仔细观察，也没发现航道上有异常情况。那么敌舰究竟在向谁开炮呢？一时还搞不清楚，只好按照计划前行。

后来才获悉，敌方两艘"阳"字号舰本想分两路拦截商船队，却因海上大雾发生误战，留下了互相炮击的笑柄！

顺利登陆东矶列岛

5月15日19时，宁波海航第一师四团一大队升入空中，掩护登陆部队航渡，解放军部队朝着东矶列岛的方向快速挺进。

在登陆过程中，未遇多少抵抗，国民党守军除少数外逃，其余都成了俘虏。

步兵六十师一八〇团当时配属炮兵营、工兵连、海军登陆艇18艘、浙江军区机帆船6艘，组成了突击编队，从牛头宫起航，21时40分顺利攻占田岙岛。

先来看看步兵六十师一八〇团一营：

福建军区水兵师海防大队用木壳登陆艇8艘、机帆船7艘运送步兵第一八〇团一营，19时由海门港起航，21时顺利登陆头门山皮厢里。登陆后的一营和敌人展开激战，最后顺利占领该岛。

再来看看公安第十六师四十八团二营：

四十八团二营当时配备两门战防炮，乘坐浙江军区海防第一大队登陆艇7艘、机帆船8艘，于19时离开三门湾沿江村，22时进占蒋儿岙。

敌人没有组织抵抗，上岸后，很快就把敌人剿灭了。

其他编队按时驶出海门港奔向白沙山岛。

总指挥陈雪江带着参谋和电台坐在指挥艇里，并密

陆海空大战

切注视着前方的战斗发展。

战斗激情在陈雪江的胸膛里荡漾着，因为据情报透露，匪首黄八妹就在东矶列岛上，陈雪江早就想亲手抓住这个恶贯满盈的女海匪了！

前导船与守敌的船只在海上相遇，发生了激烈的交火，炮火把黑夜照得通亮。

魏垣武笑着对陈雪江说："放心吧，东矶列岛外围的小岛都被拿下了，这次黄八妹就是插翅也难飞！"

魏垣武最了解陈雪江的心情，他们两个人都来自陆军，如今穿着海军服装，但仍保持着当年的作战风格，总想在战场上奋勇杀敌。

到达田岙岛后，陈雪江心头有一种感觉，他一直很担心一个问题，便急忙问六十师参谋长："老王，让他们查查看有没有抓到黄八妹？"

王坤用步话机联络到二营，报告说："暂时没有。"

陈雪江让王坤继续查有没有抓到女海匪。

王坤用步话机呼叫各营，又报告说"没有"。

陈雪江叹了口气说道："唉！又让这个女滑头跑掉了！"

陈雪江登上田岙岛顶峰。

放眼望去，东矶列岛西南 7 海里的一江山、正南方 13 海里的大陈岛，两个被敌人占领的岛屿仿佛在向他招手……

到 23 时 10 分，3 支部队先后登陆完毕。

此次登陆战斗，共俘敌大队长以下66人，击毙7人。

按规定除留交通船外，其余船只于16日3时全部返航海门，等待新的命令。

东矶列岛几个主要岛屿均已在人民解放军控制之下。登陆部队便连夜转入紧张的岛屿设防，忙着构筑工事、简易码头和道路等，准备全力对付国民党军可能采取的反扑行动。

陆海空大战

海上反击战

解放军成功占领东矶列岛后，拔掉了大陈基地的前哨据点，"大陈防卫司令部"司令刘濂一连夜报告台湾，说共军一个师进占头门、田岙，请求以一个加强师的兵力进行支援。

刘濂一在未获台湾当局批准的情况下，从大陈方面出动海、空军频繁袭扰东矶列岛，企图挽回败局。然而，这一切都是徒劳的。

人民解放军决心巩固胜利成果，坚决击退国民党军队的反扑。

双方继续在海上和空中展开激烈的战斗。

5 月 15 日夜，解放军舟山战舰大队"瑞金"、"兴国"舰编队在东矶山东南实施警戒掩护。第六舰队"南昌"、"广州"、"长沙"、"开封"舰编队于菜花岐岛以北海域机动待命。第六舰队的司令员是邵震，政委高立忠，副司令员冯尚贤。

早在 5 月 10 日，参战各舰进行补给，装满燃油、淡水，将水雷、深水炸弹、易燃物品放在岸上仓库里，补充了器材、弹药、副食品，转入三级航行准备。

到了 5 月 12 日，舰队召开作战会议，邵震司令员向各大队长、舰长下达了任务。

随后，由冯尚贤副司令员组织各舰长、副舰长、航海长、枪炮长通过图上演示完成编队火力攻击的战术预演，制订出数种作战方案，如下：

第一方案：敌人舰艇及航空兵向我实施火力攻击的时候，我编队驱歼袭扰之敌舰，力求歼其一艘，协同守岛部队及海防炮兵攻击袭扰之敌舰。

第二方案：敌以大陈岛之3000至5000兵力，在其海、空军配合下，向我东矶列岛反击，以战舰大队配合巡逻艇队及守岛部队打击敌登陆队，以"南昌"编队攻击敌掩护舰艇，协同鱼雷艇攻击敌舰。

第三方案：敌以台湾部分兵力配合大陈岛兵力，组成一个加强师以上的登陆部队，在其海、空军配合下向我东矶列岛反击，我陆、海、空三军协同作战，按照浙东联合指挥所命令统一指挥作战。

考虑到战舰大队长去海校进修，出于加强指挥力量的考虑，特派第六舰队第一大队副大队长聂奎聚代理大队长，到"瑞金"编队协助高一心政委实施指挥。韩玉樽副主任上"开封"舰开展战时政治工作。

5月16日1时左右，海面被黑夜笼罩着，"瑞金"编

陆海空大战

队进入头门山与田岙间隐蔽待机。

3时50分，大陈岛方面特遣编队旗舰敌"太和"号率领"太康"号及"永"字号2艘、摩托艇1艘，组成编队，经百夹山岛驶入头门山岛与东矶山之间，以炮火反击岛上登陆部队。

4时58分，"瑞金"编队位于东矶山方位275度，距离6.2海里，航向222度，舰速6节。当时海面雾气蒙蒙，但还是发现了4艘敌舰，接着又发现了第5艘，方位140度，距离近850米，航向315度。

这个时候，解放军两舰指战员潜伏在待机点，而周围的枪声和炮声早就响了一夜。大家都憋着一股劲，恨不得马上投入新的战斗。

聂奎聚作出决定：

蔽于头门山岛北侧，待敌舰接近，航向东北时予以突然打击。

5时20分，敌我双方相距8000米到1万米。"瑞金"舰隐蔽在头门山的北侧，而当"兴国"舰前舰身进入掩蔽处，后舰身还没完全进入时，敌人的"太康"号舰艇就开火了。

面对敌人的袭击，聂奎聚马上改变了原来的计划，让舰艇齐转180度，航向45度，舰速8节，以4门76.2毫米主炮齐射"太和"号。

霎时间，海面炮声隆隆，火光闪烁，水柱升空。射程达到了6000米，敌舰"太和"号被击中冒烟，掉转航向逃跑了。

解放军两舰立刻集中火力攻击跟在后面的"太康"号。10分钟后，眼见"太康"号再次被击中，对方编队混乱。突然天降暴雨，海面茫茫一片，视距不到1000米。双方胡乱放炮，之后停止炮轰。

这次战斗历时24分钟，共消耗76.2毫米炮弹324发，击中对方两舰，命中炮弹9发，其中一发击中"太康"号前甲板主炮。

陆海空大战

诱敌深入

5月16日8时5分，解放军"南昌"编队停泊在菜花岐岛附近，之后，邵震命令"开封"舰出动，慢速诱惑敌舰北上。

10时50分，雨终于停了，太阳露出了笑脸。

在"南昌"舰上，海航二师王参谋和调度员用超短波与解放军宁波机场进行秘密联络，通报舰艇所在的方位。

当时，王参谋和调度员两个人严重晕船，但仍然趴在那里坚持工作。

11时36分，"开封"舰发现了敌"太和"号，方位171度，距离53链。

"南昌"舰长侯天松两次准备射击，均被韩玉樽主任劝止。

韩玉樽主任对舰长侯天松说："你的任务是诱敌深入，没有命令不得擅自射击。"

眼看"太和"号进入40链距离，正是100毫米主炮最有效的射程，侯天松再次请示上级对敌人发起攻击。

华东军区海军第六舰队司令员邵震大为不悦，对侯天松批评道："天松同志，你太没耐性了！难道说'南昌'、'广州'130主炮威力比你的100主炮弱吗？你做事太冲动了，要冷静!"

于是，邵震马上对身后的李梓大队长下令："继续诱敌北上，距离再近也不许开炮!"

11 时 48 分，敌"太和"号在方位 152 度，距离有 86 链，此时，解放军编队指挥所命令"开封"、"长沙"舰分队向东南航行，包围敌人舰队，截断敌舰的后退之路。

其实邵震和敌舰"太和"号已经是老对手了，早在 1950 年解放万山群岛的战役中，解放军舰队就曾重创敌舰"太和"号。

在那个时候，齐鸿章一条胳膊被解放军的炮弹炸断了，样子极其狼狈。

11 时 56 分，敌舰"太和"号在鱼山和东矶山之间进行袭扰活动，解放军"南昌"、"广州"迅速接近敌人，指挥所发布命令：

> 战斗航向 080 度，距离 60 链，航速 14 节，准备射击!

这个时候，"南昌"舰主桅杆升起战斗信号旗，接着指挥所又命令：

> 穿甲弹，半延期信管，装弹!
> 右舷 90 度，目标敌舰，距离 60 链，预备

——放！

命令下达后，解放军"南昌"舰主炮射向敌人。海面上炮声隆隆，一道道水柱震撼了水面，形成了壮观的战斗场面。

到12时3分，解放军"开封"舰也加入战斗，对敌人实施更加猛烈的炮击，一道道水柱把敌人的"太和"号包围在其中。

解放军"长沙"舰因为失去射击的舷角，所以未发一炮。

在激烈的交战中，敌人"太和"号后甲板中弹冒烟，慌忙转向撤离战场，样子极其狼狈。

见到敌舰开始逃跑，解放军海上指挥所为了扩大舷角从而保持与敌舰同一航向，马上命令停止对敌人的射击，转向220度。

在这个时候，如果派遣海军鱼雷轰炸机或强击机，对敌人实施鱼雷攻击或高空俯冲扫射，肯定会取得很好的效果，并一举击沉"太和"号。

但是，这样一个难得的攻击机会，就这样被轻易丢失了。

12时7分，敌舰"太和"号冒着浓烟，航速减至15节。

解放军海上编队又发起新一轮的攻击。

两分钟后，双方大致距离93链，编队指挥所下令停止射击。

在这期间，"长沙"舰主炮发生故障，不能参加战斗。

这次行动历时 19 分钟，我消耗 130 毫米炮弹 149 发，100 毫米炮弹 26 发，将对方舰机舱轰击得漏水，有力地打击了敌人的嚣张气焰。

对这次战斗，指挥部作了总结：

> 第一次射击暂停，丧失了有效力射的成果；4 舰普遍航速较慢，转向浪费时间，从而失去了继续命中敌舰良机；战术上有欠灵活，未能充分发挥舰炮火力绝对优势。

在这次总结会上，还总结了许多问题。

在这次交战中，"长沙"舰漂泊过远，发现目标时未能及时编入战斗序列；"开封"修正射击航向时下达了错误的舵令，影响连续发射的准确性。

此外，"南昌"舰操舵班长在海战中擅自观看战争场面，无法集中精力，致使航向偏差 5 度，形成曲折运动，因而影响了射击。

"合同射击"的方案，使解放军参加射击的舰增多，误差也相对增大了，所以，4 舰编队射击的准确性相对降低。

当时，敌"太和"号北上侦察，进至鱼山以西海域时就停滞不前。解放军孤舰深入是不可能的，"开封"舰

陆海空大战

一味诱敌深入纯属擅自行动。

"开封"舰机长耳闻敌舰逃跑，擅自将主机转速加了三转，而没有报告指挥所，导致弹着点扩散，虽然很积极，但却帮了倒忙，减低了射击命中率。

12时45分，"南昌"舰率编队返回菜花岐岛漂浮待机。

各舰擦拭火炮，补充弹药，准备再次投入战斗。

渔轮炮艇战敌机退敌舰

5月16日下午，一天一夜的海战还没有恢复平静，辽阔的海面却被美丽的红霞所笼罩。

这个时候，中队长单桂芳带领着几艘渔轮炮艇停泊在老鼠屿岛，报话机里不时传来陈雪江的提醒，让他时刻防范敌人发动空袭。

单桂芳心里很清楚，国民党在海岛作战中失利，肯定会以空中打击的方式卷土重来，更为激烈的战斗还在后面，这一点他有足够的准备。所以，艇上的每门炮都做好了发射的准备，战士们连早饭都是守在炮位上解决的。

15时30分，敌人一架P-4Y侦察机钻出云层，盘旋几圈后，飞向东南。

单桂芳紧盯着东矶列岛及周围岛屿的情况。那里被耀眼阳光所笼罩，通常敌机都是从逆光里突然出现的，这之间的时间非常短促，几乎就是发现目标扣动扳机的瞬间。

这个时候，4架战斗轰炸机突然出现。敌人显然是在侦察情报，银灰色巨大的"十"字形身影迅速飞过，飞机的轰鸣声响彻天际。

还没有等单桂芳下令开炮，在他周围的海水就沸腾

陆海空大战

了，巨大的浪花溅到他的身上。

面对敌人的袭击，单桂芳临危不惧，他早已做好了牺牲的准备。

他下令道：

各炮射击！

顷刻间，一颗颗炮弹在空中爆炸。单桂芳指挥射击的同时，命令各艇按预案躲避。

在这之前，来自军事指挥学院的专家教给他们一种用于防空的"绕圈躲避战术"，就是当遭遇低空袭击时，舰艇采取原地转圈的方式躲避空中打击。

敌人的轰炸机使海面溅起几丈高的浪柱，以至无法看清周围的情况，只觉得渔轮在转圈运动中摇晃不定，随时都有翻船可能，耳朵里全部都是枪声和炮声。

附近待命的解放军"瑞金"、"兴国"两舰发现情况后，迅速进行火力支援。

护卫舰强有力的炮火很快挫败了敌人的空袭，敌机掉头飞往大陈岛。

这个时候，报话机里传来陈雪江感谢护卫舰的声音，跟着，他询问这边的伤亡情况，单桂芳报告："各艇无损伤，无人员伤亡！"

正在说话间，战斗警报再次响起，远处出现 3 艘敌舰，朝着单桂芳的方向驶来。

单桂芳马上命令渔轮炮艇编队以老鼠屿岛为依托，由防空队形转入海上进攻队形，准备和敌人展开激战。

　　细致观察敌人这次行动，单桂芳料想敌人这一次又是有备而来，但他毫不畏惧。

　　待敌人的舰队渐渐进入有效射程内的时候，单桂芳一声令下，8门战防炮齐射，火光闪烁，震耳欲聋。仍旧是老战术，4艇齐发，集中火力猛攻主力舰，在气势上压倒敌人。

　　敌人的舰队被打傻了。这时，忽见解放军"瑞金"、"兴国"舰前来支援，敌舰马上夺路向外海狼狈逃窜。

陆海空大战

单炮艇勇战敌机群

单桂芳在老鼠屿岛和敌人较量的时候，三中队的梅桂桐在头门山岛也做好了和敌人交战的准备。

这个时候，头门山岛的北坳还是一片风平浪静，三中队4艘炮艇的任务是隐蔽待机。中队长梅桂桐让3艇短暂休息，傅益民则率单艇在湾子口担任巡逻警戒。

傅益民听见远处炮声不断，就命令所有炮口都对准阳光明亮的方向，傅益民觉得那里说不定什么时候就会冒出一架敌机来，早做好准备，以便及时给予迎头痛击。

在这个时候，主炮运弹手刘相武则处于高度警惕状态。这个小伙子刚刚18岁，阳光刺得他睁不开眼睛，在他的脑海里始终萦绕着这样一个念头："假如敌机就在我揉眼睛的时候从太阳里钻出来怎么办呢？"

于是，刘相武想出一个"眼睛轮流值班法"：左眼观察海面的时候，右眼休息；右眼观察的时候，左眼休息。这个办法让他感到很有意思，心里默数着眼睛轮换的次数，隐约间似乎还听到了美妙的音乐。

"就知道玩，看清楚！"有人提醒他。

"放心吧！"刘相武不服气地说。

之所以有人提醒他，是因为前阵子他们吃过一次亏。当时他们遇到的情况是这样的：

一批飞机从看不见的外海飞向大陆，又折返往回飞，自西北进入大陈岛上空做出俯冲的样子，岛上敌人用高射炮火力反击。

当时炮艇大队错认为是解放军的飞机，没人怀疑为什么它能轻易躲过敌人的地面火力网。然而这批飞机在盘旋几圈后，重新整编队形，快速向海门港方向袭来，后来的事情是可以想象的，一直到敌机采取平桅轰炸，战士们才拉响警报……

如今，刘相武睁大眼睛，他突然发现：正前方几个黑点由远及近，快速向他们逼近，而那轰隆隆的声音分明不是鸟鸣，而是发动机的声音。

"防空警报！"刘相武大喊一声。

"准备战斗！"傅益民随手拉响艇上警报。

岛坳里顿时响起了刺耳的警报声，到处是炮艇锚出水的声音，各艇马上做好了战斗准备。

4架国民党飞机呼啸划过，既没投弹，也没扫射，向西北方向径自飞去了。真是奇怪！

"注意防空！"梅桂桐命令各舰疏散，准备进入绕圈防御。

果然，还没过多少时间，敌人4架飞机便出现在宁波机场方向。

敌机在空中不断地盘旋，其中一架突然脱离队形冲向这里。

各艇炮口早已瞄准了它，"开火"的命令一下，一颗

陆海空大战

颗炮弹射向敌机，打得敌机一个闪失，摇摇晃晃穿过岛上空再也不敢掉头了。

坐在警戒艇上的傅益民把战斗看得清清楚楚，下令各炮再次准备。

没过多少时间，望远镜里缩小的黑点渐渐放大，对手掉头回来，直奔指挥台俯冲而来。

在这个时候，梅桂桐也让3艇向敌人飞机发射炮弹。持续不断的炮击形成一张巨大的火力网，眨眼之间空中腾起一股黑烟，中弹的飞机坠向外海。

一切都发生在短暂的一瞬间，在空中盘旋的3架敌机见状俯冲而下，投下了大量的炸弹。

梅桂桐命令原地转圈，各艇按照预案画圈防御，迫使敌人的飞机扑了个空。

没过多久，敌机又展开了新一轮的轰炸。

各艇原地转圈，成功躲过了敌机的轰炸。

几个来回，傅益民的急性子就上来了，他不想就这样被敌人轰炸，就驾驶指挥艇脱离编队，迎着俯冲下来的敌机而上。

"胡闹，回来！"梅桂桐大叫，但这个时候已经晚了，傅益民已经不能再回头了。

敌人的飞机发现后，快速地朝他冲来。

就在这个时候，傅益民急忙下令：

各炮开火！

傅益民什么也听不见，一切都抛在脑后了，他只是怒视着敌人的飞机。

　　敌人的飞机正向他扑来，机翼两侧的机关炮喷射出密集的火力，如今退路是没有了，只能和敌人战斗到底了。

　　傅益民又下达命令：

　　　　对准敌机中间全速前进！

　　顷刻间，敌机的炸弹在海面上炸起一道道水柱，一次次从炮艇的上空掠过，机翼掀起的浪头覆盖了甲板。傅益民看见一颗颗炮弹在炮艇的周围炸开了花，庆幸的是，敌人的炮弹并没有击中炮艇。

　　随后，解放军的3艘炮艇集中火力对敌机展开射击。

　　一架敌机被解放军的炮弹击中了。

　　跟在后面的飞机见同伙中弹，修正航向朝傅益民的方向冲下来。

　　傅益民刚要躲避，但紧随而至的另一架飞机也扑了过来，他不得不再次转向，还未转过身，前面一架敌机开火扫射。就这样，解放军的炮艇和敌人的飞机展开了激烈的战斗。

　　傅益民满腔热血，下决心要把敌人的飞机打掉，现在他不担心别的，只担心战斗伤亡，他知道这样激烈的

陆海空大战

对抗肯定会有很多战士牺牲。

带着自己的忧虑，傅益民问下边的战士说："谁负伤了？立刻报告！"

但没有人回答傅益民的话，听到的只是敌机的轰鸣声。事实上，这个时候刘相武已经左腿中弹，鲜血流到了甲板上，忽然又一颗炮弹袭来，弹片穿过他的右脚，他再也不能站立了。

甲板上的高射炮被击中，炮位上只剩下王品章，他和刘相武配合，坚持继续操作连发弹机械都被损坏的火炮，他们每发射出一发炮弹，都要用尽浑身力气，他们完全把个人的安危丢在了一边。

在王品章和刘相武的心里只有这样一个想法：多打出一发炮弹，就会多一分希望！于是，他们不约而同地保持沉默，都知道自己在战斗中的职责，谁退出战斗都会影响协同作战，都会削弱打击敌人的力量。

敌人的两架飞机死死盯着傅益民的炮艇不放，而他现在已经脱离编队。在敌人看来，这是一个难得的、由对手失误造成的机会。

傅益民面对的情况越来越糟，他只有靠来回变速来摆脱围追堵截，但敌人的攻势却愈加猛烈，甲板上有多处中弹，傅益民意识到必须冲出包围圈，不然肯定会艇毁人亡。

此时此刻，傅益民感到周围的一切都是模糊的，他把口令下达给操作兵后，就被指挥室里的浓烟熏得眼睛直流泪，最后倒地失去了知觉。

这个操作兵叫胡涌正，是一个 22 岁的青年。3 年前他还坐在明亮的教室里读书写字，没事就捧着巴洛夫的著作阅读，梦想着当一名白衣天使。

当抗美援朝的机会来临的时候，他所有的理想只能埋藏在内心了。为了祖国的需要，他毅然放弃学业，报考海军学校，分配到炮艇编队。

如今，胡涌正面前的挡风玻璃已经全部被炮弹打碎了，飞溅的玻璃片划破了他的脸庞，一道道鲜血流了下来。但他脑子里却很清醒，知道周围三面是山，一面是礁多滩浅的海湾。

胡涌正在指挥室里大声问傅益民："应该从哪里冲出去呢？"这时傅益民才苏醒过来。

正在傅益民犹豫的时候，胡涌正透过弥漫的硝烟看见红红的夕阳，军校的教科书上说，太阳是迷失方向时最好的导航坐标。

胡涌正兴奋得几乎要叫出来，他抬头望一眼正前方的舰钟，确定时间后，他又根据时间确定太阳的季节方位，明确艇所在的位置，一扳舵轮，向前冲去。

几分钟之后，他们的舰艇穿过了浓烟。傅益民看见 3 艘兄弟炮艇依托岛山猛烈开火，刚才攻击自己的那架飞机正中弹摇摇晃晃地擦过山顶，另一架直朝大陈岛灰溜溜地逃跑了。

硝烟散去之后，岛坞里再次恢复了平静。海鸥在不

陆海空大战

远处的海面上鸣叫，声音久久地回荡在每一个人的耳朵里，一切都因为胜利而变得可爱。

梅桂桐集合中队战士进行清点战场。他率领的 4 艇共击退敌机的多次轰炸和扫射，击落、击伤各一架。解放军的其他 3 艇也有一定程度的损伤，傅益民的指挥艇被打穿了 20 多个洞，也有战士受了伤，但总算胜利了。

六、 胜利保卫战

●聂奎聚靠近了才发现是敌人的"永"字号炮
舰。"永"字号见解放军的炮艇来支援，没
有反击就慌忙逃窜。

●王万林乘隙向敌长机发起攻击，在距离400
米处两次开炮将其击伤，随后又重新占位，
逼近敌机。

●王万林率队连续击落3架敌机后，仅存的一
架敌机丧失斗志，被宋国卿击伤南逃。

"瑞金" 舰亟待补充弹药

5月17日，天还未亮，解放军炮舰编队熄灭了所有的灯火，秘密行驶在东矶列岛的海面上。黑夜中，海风吹过，带着浓浓的硝烟味。

海面上突然响起了激烈的枪声，由于黑夜中很难分清海面的情况，华东军区海军军舰政委、舰长、舰艇大队长聂奎聚率领"瑞金"和"兴国"两舰单纵队出岛前往察看。

还没走多远，信号兵就发现前方有灯光在闪动。

当时，敌我双方都采取了灯火管制，所以很难测量距离。聂奎聚判断是解放军用手电筒发出的信号，马上下令接收。但值班信号兵刚刚入伍3个月，加之距离较远，电文一时难以接收。

聂奎聚站在那里很着急，跑过来问个究竟。在这关键时刻，老信号兵邹吉才连忙夺过新兵手中的手电筒询问对方。原来解放军一艘炮艇与敌人遭遇，特请求炮火援助。

聂奎聚率领的两舰加快了行驶的速度，走近了才发现，是敌人的"永"字号炮舰。"永"字号见解放军的炮艇来支援，没有反击就慌忙逃窜。

被救下的解放军炮艇受到重创，船只受损，人员也有较大伤亡。

原来在刚才的航行中，敌我双方都采取灯火管制，很难辨清对方是敌是友，就向对方靠近。待到双方相遇了才发现对方是青天白日旗，这个时候后退已经没有时间了，只能向敌人开火了。

后来才知道，敌舰之所以在黑夜中行驶，是准备接走在岛屿作战中溃败的散兵。

天快亮的时候，解放军"南昌"编队起锚，前往檀头山岛西北锚地。

在这个时候，"长沙"舰则在菜花岐岛巡逻。

到5月17日19时，"瑞金"舰编队驶进檀头山岛锚地等待补给弹药。信号兵邹吉才收到电报，但上面的命令很不详细，只告诉到锚地补充弹药，却没说明具体方位，到哪里去补充。

而此时的"瑞金"舰，经过连续几天战斗，已经精疲力竭了。况且弹药有限，2门76.2毫米主炮是按计划配给，炮弹是从苏联购买的，中国当时无法生产这一类弹药。

在新中国成立后的几年里，100毫米口径的炮弹1颗就相当于1吨大米的价钱，可谓是昂贵。所以，每次作战动员总有一句口号：

胜利保卫战

　　可要好好打啊，打不准1吨大米就白白扔进海里了！

21 时 40 分，编队指挥所在"南昌"舰召集各舰政委、副舰长召开重要会议，这次会议总结近两天来作战的情况，分析敌人的特点和最新动态。

邵震在发言中讲道：

敌人被我打击后，可能利用黄昏、拂晓、夜间，以轻型舰艇配合空军进行袭击。我们务必加强锚地警戒伪装，做到有备无患，常备不懈，时刻准备给予敌人更大的打击！

这次会议一直开到 5 月 18 日凌晨才结束。

在这个时候，"瑞金"舰还在等待舟山基地派来的弹药船。根据计划安排，"瑞金"舰应该在天黑前到达檀头山岛，待补充弹药后，再返回头门山岛。

寻找弹药补给船

看不见弹药船的影子，而"瑞金"舰又急需弹药补给，聂奎聚急得团团转。

按照惯例，炮弹应该主动送到前线，从前方撤回到后方去补充弹药，是条件所不允许的。

解放军作战指挥部接到"瑞金"舰的电报后，便迅速与解放军在舟山的基地进行联络，当获悉运弹药船只停靠在石浦港内时，马上派军务参谋王彦乘汽艇赶往石浦与运弹药船进行联系，催促快速行动，给"瑞金"舰立即进行补给。

当时，海面上是漆黑一片，王彦加快汽艇速度驶进了石浦港。

港内不见一点灯光，到处都是黑茫茫的，不时有海浪冲击的巨大声音，整个大海显得十分恐怖。

所有船只出于防空需要都进行了灯火管制，王彦怎么也找不到运弹药船。

没办法，王彦只好放慢艇速用手电一条船一条船地寻找，一直找到凌晨2时，才总算找到了弹药船。那是一艘渔轮改装的辅助船。

当时，弹药补给船上的战士都还在睡觉，船的甲板上没有人值班。汽艇靠上去后，王彦在舱内很快就找到了船长。

弹药补给船的船长说船上装了大量的炮弹，没有防空武器，怕敌人进行空袭，所以才没有主动出来补给"瑞金"舰，就停泊在石浦港待命。

此外，这艘船的装备十分简陋，没有罗盘，很容易迷失航向，才没有主动支援"瑞金"舰。

在补给船船长看来，把炮弹装在船舱里就是最安全的了。

在王彦的指挥下，弹药补给船在汽艇的带领下驶出石浦港，往檀头山岛锚地奔去。

"瑞金"舰见到弹药船的到来，大家欣喜万分，不安的心才有了着落。

信号兵邹吉才后来在回忆中描述了当时的情景：

> 说实在话，当时每个人都很劳累，从5月15日中午就进入二级战斗部署，到17日19时转为一级战斗部署。
>
> 那个时候，战士们很少睡觉，没吃过一顿像样的饭，只是吃点饼干喝点白开水，连上厕所都要跑着去。
>
> 但是大家都坚持在自己的战位上，这是真正的战场，容不得半点松懈啊！
>
> 到17日，战士们检查弹药，发现根本没有几颗了。当晚离开战区，返航到檀头山海域等

补给船，找到补给船已经是半夜了，尽管都很累，大家情绪高涨，有的拆，有的搬，有的扛，一直干到天快亮了。

因为是檀头山后方，容易受到敌人的袭击，所以三天三夜没合眼的官兵有的在炮位上，有的就在甲板角落小睡一会儿，刚闭上带血丝的眼睛，战斗警报又拉响了……

胜利保卫战

两战舰打击敌机

弹药补给船来到后，"瑞金"舰和"兴国"舰就开始忙碌起来了，战士们是争先恐后地搬运弹药，到 18 日 5 时左右，两舰补充弹药完毕。5 时 18 分，补给船奉上级命令返航头门山。

在天亮之前，解放军前线指挥所就截获了国民党军飞机将要轰炸海上目标的情报，并且曾发现 3 架 PB4Y 前来侦察。

那天的海面模糊一片，云高只有 200 多米，海面上雾气弥漫，视距效果不良。解放军前线指挥所对敌机在复杂气象条件下的作战能力估计不足，给敌机造成了可乘的机会。

在这个时候，国民党部队为缓解解放军舰艇对大陈岛的军事威慑，命令国民党空军第十一大队"扫荡"海上的解放军目标。

天还未亮，敌人 12 名飞行军官已接受任务提示，上任不到两个月的大队长郑永达亲自领队，对解放军的海上目标进行扫荡。

刚刚参军的郑永达对国民党的 F－47N 战斗机还不是很熟悉，所以临出发前还在座舱中学习各部机件的操作方式，可见敌军已经是到了垂死挣扎的边缘，已经是孤注一掷了。

不过郑永达带领的 11 个僚机飞行员却是从敌 3 个中队中选出来的，所以对这次行动他充满了信心。此时，他的脸上露出了狰狞的笑容。

在郑永达的率领下，敌人 12 架 F－47N 朝东矶列岛的方向飞来。敌人出发后发现，东海上空都覆盖着非常低的云层，依照时间的推算和罗盘的引导，国民党军机群到达了大陈的空域。

敌机到达大陈后，下方仍是浓密的云层，灰蒙蒙的，无法观察海面的具体情况，所以敌 12 架 F－47N 依旧在空中盘旋。

敌机在空中盘旋了一会儿，郑永达好不容易发现了一个小云洞，于是马上推头钻下，因为那个洞实在太小，大编队必须化整为零逐次通过，如此一来使得原有的队形全都散了。

到 6 时 43 分，解放军发现了敌人的机群，距离约 1.8 万米。"瑞金"保持原航向，"兴国"舰则向左出列，成防空队形。

6 时 45 分，解放军海军编队左舷 110 度发现敌 F－47N 型飞机 4 架，高度 50 米，在距舰队约 9000 米时，作战指挥员下令射击敌机。

当时从国民党军飞行员的角度往下看，海面除了雾气腾腾之外，还依稀可以看见散布着各式各样的船只，但一时之间还无法辨别目标。敌 2 号机何建彝中尉突然发现右下方的两点，他仔细观察后才发现，正有船只不断向空中射来炮弹！

原来"瑞金"与"兴国"两舰指挥员抢先开火，由于开火距离偏远，对敌机几乎没有构成威胁。

敌机发现解放军的目标后，指挥官郑永达当即对着距离较近的"瑞金"舰俯冲而下，以50米高度进入，实行超低空轰炸。

本来编队左舷110度，距离9000米发现低空的F-47N型飞机时，就应下令躲避，这时将有约40秒时间，可转约60度角，将敌机置于舰尾方向。

根据计算，敌机从90度舷角进入实施超低空投弹攻击的平均命中概率，比从0度或180度舷角进入投弹攻击的平均命中概率要大4倍，所以，采取躲避方法可以大大地降低敌超低空攻击的效果。

但"瑞金"舰由于过于冒险，并没有及时机动，也没有进行躲避，而是不断发射炮弹，这就暴露了目标。敌机在距离"瑞金"舰左舷200米处投下了炸弹，只见两股爆炸水柱在船首旁激起。幸亏有两枚炸弹未直接命中。

在这个时候，狡猾的敌中尉何建彝和长机拉开了距离，采取相近的方向和高度实行平桅轰炸。

按照当时的情况，敌机进入战斗航路用45秒的时间，"瑞金"舰的战术半径就是25秒，完全可以从容躲避，不幸的是，"瑞金"舰又没有及时躲避，而是一味地只管射击敌机。

敌机从左舷 110 度舷角进入时，正确的躲避方法应该是：右满舵，将敌机置于 180 度舷角的舰尾方向上。然而"瑞金"舰舰长却下达了"左舵"的口令，以小舵角转向进行躲避，结果正好把 90 度舷角置于敌机进入的方向上了。

当时"瑞金"和"兴国"舰的 8 门 25 毫米高炮全部发生了故障，没有来得及进行修复，只剩 4 门 76.2 毫米炮和 4 门 37 毫米炮。"瑞金"舰这时乱了套，导致对空射击方法发生错误。当时本应该集中朝一个方向反击，"瑞金"舰用的却是分散射击，以致火力密度不够，后又改用双数弹幕，以致出现射击空隙为敌机所乘。

6 时 52 分，"瑞金"舰沉没，有 56 名战士壮烈牺牲，40 名战士受伤。

在这之后，敌机又向"兴国"号展开攻击，"兴国"舰指挥员正确进行抗击和躲避，敌机被击落，"兴国"舰未受任何损失。

胜利保卫战

毛泽东及时发出指示

5月18日7时8分，在"南昌"舰上的邵震接到"兴国"舰发来的电报：

> 瑞金舰损伤。

事实上，"瑞金"舰此时已经沉没了，而电报是在"瑞金"舰沉没前发出的。

接到电报后，编队指挥所马上命令炮艇中队快速营救"瑞金"和"兴国"两舰。到7时16分，编队指挥所再次接到"兴国"舰第二封电报：

> 瑞金舰被炸沉。

邵震立刻复电：

> 全力抢救海上失事人员。

军务参谋王彦听到这个消息后大为震惊，半天没有缓过神来。

就在几个小时前，他还在"瑞金"舰上，亲眼看到舰队补充弹药，但没有想到刚刚离开没多久就传来这样的噩耗。

当时寻找到弹药补给船后，聂奎聚见王彦一夜未眠，就劝说他睡一会儿，等待新的命令。王彦还没有睡醒，"南昌"舰汽艇就来报告说有任务，如果不及时去恐怕"瑞金"舰就保不住了，所以他赶快穿上衣服朝出事的地方奔去。

虽然"瑞金"舰在敌机的袭击下沉没了，但在服役的4年间，该舰共参加作战9次，航行1.8万多海里，可谓立下过赫赫战功。

海军党委客观处理"瑞金"舰问题，特别保留"瑞金"的舰名，并重新赋予另一艘护卫舰为"瑞金"舰。

"瑞金"、"兴国"两舰，舰炮本是老式的单管76和37炮，但面对敌机从两个方向超低空的攻击，两舰进行编队集火抗击，取得了击落敌机1架，击伤1架的胜利战果。

"瑞金"舰沉没是华东军区海军创建以来最严重的损失，因此，作战指挥部进行了认真总结。大家认为，战斗中损失是难免的，但"瑞金"舰的重大损失，主要是由于指挥失误，特别是舰长缺乏在突发事变面前所必备的良好心理素质和高度的智慧与才能。

而"兴国"舰在同样遇到空袭时，正确地实施了抗击和躲避，结果未受损失。实战证明，超低空平桅轰炸是完全可以被粉碎的。另一方面，在拥有制空权的情况

胜利保卫战

下也不可麻痹大意。

"瑞金"舰沉没事件带来了深远的影响。此后，台湾海峡的历次海战，解放军均无千吨以上的大中型军舰参加。毕竟中国传统上是追求万无一失的，同有海盗冒险传统的欧洲和日本海军有根本的区别。

后来浙东前线指挥部在黄岩召开会议，在这次会上，张爱萍没有责怪"瑞金"舰的主要负责人，他给军委发电报，一个人承担了指挥责任。

毛泽东电示华东军区及张爱萍：

不要因为一舰得失而引起其他意外。

成功的空中战斗

就在"瑞金"舰沉没的当天，15 时 25 分，在渔山列岛上空有两架国民党飞机由南向北飞来。

随后，解放军又在披山以东 20 公里处发现另一批 4 架敌机在大陈岛、一江山岛一带活动。

指挥所当即判断：

在大陈、一江山活动的敌机企图引诱我机南伸作战，其目的是掩护经渔山飞来的双机偷袭舰艇。

指挥员命令飞行员王万林、宋国卿双机飞至南田、头门山上空，钳制在大陈、一江山活动的敌机，掩护飞行员宗德峰、尹宗茂双机拦歼经渔山飞来偷袭舰艇的敌机，飞行员石瑛、常化臣双机担任增援。

宗德峰、尹宗茂双机到达南韭山空域后，设在"南昌"舰上的目标引导组不断通报敌机的位置，舰载高炮同时进行指示性射击，在敌机附近打出一连串爆烟，引导双机实施攻击。

在宗德峰的掩护下，尹宗茂出其不意地迅速接近敌长机，在距离 500 米时猛烈射击，一举将其击落，打击了敌人的嚣张气焰，也为沉没的"瑞金"舰报了仇。

5 月 19 日，是蒋介石举行"连任总统大典"的前一天。这天气象很复杂，海上云高 2000 米左右。

12 时 46 分，国民党空军 8 架 F－86 型战斗轰炸机突袭东矶列岛，一批 4 架向渔山方向飞去，一批 4 架活动在大陈岛一带。

宁波机场指挥员估计敌机的真正企图是一批作佯动，一批绕道渔山然后突然下降转向，袭击刚解放的田岙、头门山等岛屿及附近停泊的舰艇。

面对这种情况，宁波机场指挥员决定派王万林和宋国卿、宗德峰和尹宗茂两队双机间隔两分钟连续起飞，直线出航拦歼前一批敌机于头门山、一江山一线，对后一批则暂不出击。

王万林、宋国卿双机首先到达头门山以东上空。宋国卿在左下方发现敌机，王万林即令其攻击，同时呼叫宗德峰、尹宗茂双机迅速赶到战区。

渔山当时属于国民党军队控制的范围，4 架 F－86 飞过渔山上空之后，果然左转弯降低高度，直奔停泊有华东军区海军舰艇的头门山而来，正好被王万林双机挡住了去路。

敌机为了取得舰、岛对空火力的掩护，从云上穿到云下，引诱王万林、宋国卿到低空作战，这使空战出现了复杂的态势。

王万林和宋国卿毫不畏惧地从云上追到云下。

海上的 3 艘敌舰立即向王、宋射击。

王万林在抗美援朝战争中曾多次与美机作战，击落过美空军 F-4U 型战斗轰炸机，具有空中作战的经验。

所以，王万林掩护宋国卿追到云下后，宗德峰双机也赶到了战区，王万林便把飞机拉起，从高处指挥攻击。宋国卿降低高度迅速绕到敌僚机尾后，一举将敌僚机击落。顿时敌机队形散乱，将炸弹扔到了海里。

王万林乘隙向敌长机发起攻击，在距离 400 米处两次开炮将其击伤，随后又重新占位，逼近负伤的敌机，连续 3 次射击将其击落。

王万林、宋国卿退出战斗时，敌舰发射的炮弹不断在空中爆炸，虽然均未命中，但也构成了一定的威胁。

尹宗茂向另一架敌机发起攻击，由于俯冲角过大，第一次攻击未成。经指挥员提醒，再次占位，从敌机尾后进行攻击，结果将敌机击落。

然后，尹宗茂迅速下降到 100 米以下超低空，避开敌舰炮火，退出战斗。王万林率队连续击落 3 架敌机后，仅存的一架敌机已毫无斗志，被宋国卿击伤后不得不向南逃窜。

在战区条件相当复杂的情况下，解放军打了一次成功的歼灭战，保卫了东矶列岛和海上舰艇的安全，取得了卓有成效的战果。

东矶列岛作战，从 5 月 11 日开始，至 20 日结束，共进行各种战斗 14 次，击伤敌舰 5 艘，击落敌机 7 架，击

胜利保卫战

伤 4 架，俘敌帆船 1 艘。

东矶列岛作战虽然不是一次大规模的战役，但陆军、海军舰艇部队、海军航空兵部队都参加了，可以说是解放军陆海空联合作战的前奏曲，积累了海空军协同的经验。

东矶列岛的解放，打击了国民党海、空军的嚣张气焰，扭转了三门湾海上斗争的形势，为以后解放一江山岛和大陈岛创造了十分有利的条件，因此具有重大的意义。

参考资料

《新中国海战档案》崔京生著 中国青年出版社

《开国十少将》宋国涛著 中共党史出版社

《新中国军旅大事纪实》张麟 程秀龙著 湖南人民出版社

《海滨激战》本书编委会编著 河南人民出版社

《中国革命战争纪实》金立昕著 人民出版社

《解放战争大全景》豫颍主编 军事谊文出版社

《十大王牌军》本书编委会编著 广西人民出版社

《震撼人心的历史瞬间》樊易宇 邓生斌著 长征出版社

《解放军英雄传》本书编委会著 解放军出版社

《五十年国事纪要》余雁著 湖南人民出版社

《国史全鉴》本书编委会编著 团结出版社

《三野十大主力传奇》张敬山著 黄河出版社

《中国雄师——第三野战军》本书编委会编著 中共党史出版社

《第三野战军简史》王辅一著 中共党史出版社

《高歌向海洋》本书编委会编著 福建人民出版社

《台海对峙六十年》本书编委会著 中华传奇出版社